U0458158

人 生 的
38个启示

陈 美 龄 自 传

———

陈美龄 著

上海三联书店

我把这本书送给我的家人、
朋友和所有在我生命上遇到的人。
我感谢生命给我机会去爱和活。

I dedicate this book to my family,

friends and everyone who

had entered my life.

I want to thank life itself

for giving me chances to love and live.

前　言

当香港三联的副总编辑对我说，"我希望你写自传"时，我觉得有点奇怪。

因为自传多数是人生接近终点时才会写的东西，或当事人过世之后，由别人为他执笔。

我觉得我还未有写自传的条件。但她解释说：

"美龄，其实香港和大陆人对你的认识只是限于一部份。自从你结婚，去了日本居住之后，我们不了解你的经历和成就。所以如果你能把这段空白的时间填上，会帮助大家了解你。"

我的人生经历其实很复杂，要写出来，不但很辛苦，而且一定写不完、数不尽。

我真的没有信心，但她没放弃，"我们想多认识你，这对你也是一个好机会。"

我想尽办法推辞。

　　　　　　　　　　　　人生的 38 个启示　陈美龄自传

"我的中文水准不够。"

"找别人写比较好。"

"我太忙。"

"我没有信心。"

但无论如何辩论，她坚持鼓励我执笔。她的诚意打动了我的心。

可能时期尚早，但并不是做不到。

回顾一下自己的人生，可能对我的未来也有好处。

重温自己的人生，好像是走进了一条时光隧道；再次体验人生的各种际遇，好像是坐感情的过山车。

一边写一边笑。

一边写一边哭。

有些回忆是痛苦的，想起也会令我心碎。

有些记忆是幸福的，令我渴望重温当时的喜悦。

这个重拾足迹的旅程，令我的情绪高低起伏，写稿的时候不能平衡自己的心情，往往写完一章就会筋疲力尽，甚至失眠、忧郁。

但找到快乐回忆的时候，我会忘记一切忧愁，还会跟自己说话、唱歌，是一种高度的享受。

和自己的历史和情感奋斗了几个月，我终于把不完整的自传写下来了。

没有写的东西，比写下的东西至少多一百倍，我的人生细节、内容和分析还没有全部写出来。

唯一可以保证的是，这本书里面写下的片段，都是我人生重要的转折点。

愿您用心来看这本书，因为若您用脑袋来看的话，可能会欲求不满。

希望您能感受到我的感受，和我一起坐感情的过山车。

长话休谈，欢迎您来到美龄世界！

请绑上安全带，穿梭时光隧道的旅程出发了。

目 录

人生的 38 个启示　陈美龄自传

没有一件东西是应得的，
拥有的全部都是恩赐。

——

1996 日本

为人着想，
是幸福的捷径。

unicef

2016 斐济

没有和平，
没有真真正正的快乐。

———

2003 伊拉克

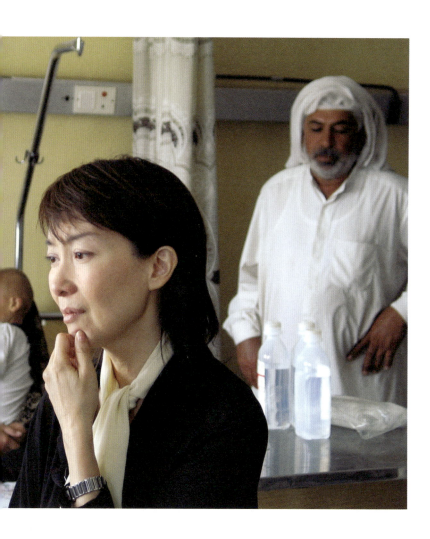

2011 日本东北

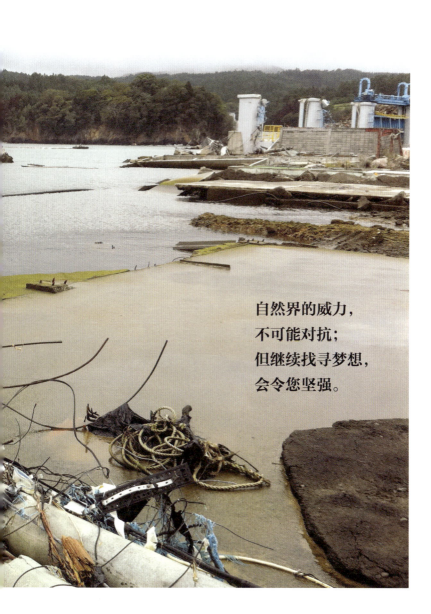

自然界的威力，
不可能对抗；
但继续找寻梦想，
会令您坚强。

为了救援儿童，
不怨不惧，
不胜不休。

2015 南苏丹

人生是未跑完的接力赛

———

2014 东京

人生是唱不完的爱歌

———

2015 东京

每一天都是新一天，
每一天都是你我的生日。

———

2017 香港
中学母校

1

'Little Pitiful'
is born

小可怜的诞生

大难不死，
必有后福。

妈妈一方面高兴爱女诞生，一方面伤心那
不是男孩，抱著 BB，心情沉重。

　　　　　　　　　　人生的 38 个启示　陈美龄自传

我妈妈是贵州人,爸爸是香港出生的广东人。他们抗日战争时在遵义相遇,在重庆结婚,初时在大陆香港两地来来往往生活了一段时间,最后在一九五四年回到香港定居。

妈妈生了大哥,然后是大姐,可惜大姐的心脏有一个小洞,不满一个月就夭折了。之后,妈妈又生了二姐和三姐,令奶奶十分不高兴,"为什么都是花钱货?下一次一定要生男孩,不然就多娶一个人回来生吧!"

不久,妈妈又怀孕了。她去医院生孩子时,希望可以生一个男孩,满足奶奶的愿望。因此当医生跟她说"恭喜你!是个女孩呀!"的时候,妈妈忍不住就哭了!

"又是女的!真倒楣!"

回到家后,奶奶连BB也不要看,非常失望。妈妈一方面高兴爱女诞生,一方面伤心那不是男孩,抱着BB,心情沉重。

过了几日,奶奶传来指示。

"这个女儿由我来命名。叫她做陈美龄吧!不是美丽的美,是尾巴的尾[1]。不要再生女啦!"

我就是这样诞生了,还得到了"尾丽"的名字。

当时,我的家人是和亲戚们一起住的。有一天,妈妈和伯娘一起在厨房做饭,突然我的二姐在走廊大叫:"在皮蛋缸的水面有一对小鞋呀!"

妈妈吓坏了,"一定是美美啦!"

她跑出来,见到我的小鞋露出水面!原来我头下脚上地掉进水里了。

她把我从水缸里拉上来时,我已没有呼吸。奶奶从房中跑出来,大骂妈妈为什么这样不小心!急急把我抱起,在火炉旁为我急救。

几分钟后,我恢复了呼吸,开始哭起来。

妈妈很高兴,哭成泪人,不单是因为我得救了,更是觉得奶奶终于正式承认我是孙女,一名家人。女儿吃了一点水,虽然痛心,但妈妈常常说,"结果十分理想呀!"

---

1 编者注:"美"和"尾"在广东话的发音都是 mei。

正如我名字的寓意，随着我的出生，之后还带来两个弟弟。我在三男三女中排第四，家人都叫我美美（尾尾）。我的个子在兄弟姊妹中最小，声音像蚊子，一逗就哭，害羞怕事，不会主动和人说话……不久，大家都开始叫我"小可怜"。

"陈妈妈，陈家三姊妹，大姐漂亮可人，二姐聪明优秀，为什么美美不像姐姐们呢？"妈妈每次听到这种说话，都会向人道歉，"美美在肚子里时，家境特别差，可能是我吃不够吧！"

因此，年幼的我，时常觉得自己是不合格的产品，家中的丑小鸭。

我的一生就是这样开始了。虽然起步不太顺畅，但并不全是负面的。当时我还未知道，大难不死，必有后福呀！小可怜的大冒险，开始了！

四支大沙士

—

**认为值得的时候，
要有当敢死队的决心。**

站在姐姐们的光环旁边，我的自我肯定能力特别低。

人生的 38 个启示　陈美龄自传

站在姐姐们的光环旁边，我的自我肯定能力特别低。

自我肯定能力低的小朋友，因为没有自信心，会有一些怪怪的习惯。而我的怪习惯，就是极度的害羞。

那时，妈妈时常会叫孩子们去买东西。有一天，大家在听电台的侦探小说时，妈妈叫我去买汽水。

我们住在七楼，商店在一楼。商店的老板娘是一个很乐天善良的人，无论我的声音多小，她也不会焦躁，会用心听我说话；但其他人却会用高高在上的态度，在我头顶上大叫："讲大声一点呀！听不到呀！"

只是这样，我就会心跳、着急，好像有一颗核桃被卡在喉咙一样，没法说下去。所以我每一次都是等老板娘回来才进店买东西的。

然而，那天，老板娘却不在。我等了二十分钟，她都没有回来！店里只有老板。我知道不能再等了，因为大家都在等着喝汽水。

别无他法之下，我只好鼓起勇气踏入商店，向老板说："四支大沙士……"

——

从右边数起，第五个在头上有蝴蝶花的是我。

每天早上妈妈都会给我扎丝带。

人生的 38 个启示 陈美龄自传

他张大眼睛，大声问："你说什么？"

我的脚在震，心在跳，举起四根手指："大沙士……"

他的眼睛更大了，把脸靠近我，我甚至能感觉到他的呼吸！

他在我耳边大声叫："大声点呀！"

我退后了几步，闭上眼睛用全力尖叫："四支大沙士呀！"

之后发生了什么事，我已经记不清楚了。相信是给了钱，双手拿着两袋汽水，转头就跑。

我连路也没有看好，从楼梯上掉了下来！汽水的玻璃瓶打碎了！

我只记得沙士和玻璃碎片满天飞，我吓昏了。

"死啦死啦！一定会给骂死了！"

我看到有一瓶汽水没有破，急急用两手抱着那瓶汽水，一边哭一边跑回家。

——

在一个冬天的下午，于维多利亚公园和爸爸
和弟弟享受阳光。

人生的 38 个启示　陈美龄自传

妈妈打开门见到我，脸色大变！

"哗！发生了什么事？"

我立即跪下，狂叫："对不起、对不起！"

但妈妈没有骂我，反而把我拉起，"快点找些棉花来呀！很多血呀！"

这时，我才感到右脚有点痛，原来有一大片碎玻璃插在脚里，一地都是血，我差点晕倒了！

大家都忘了沙士的事，为我止血。这本来是一次大灾难，反而得到大家的照顾和关怀，可以说是"迈过了个大门槛"了！

因为没有缝针，伤口恢复得很慢，现在留下了两英寸的伤痕。但每次看到这道伤痕，我都会微笑，因为当年那个胆小的女孩已经不存在了。

现在我不再怕事，能见义勇为，在我认为值得的时候，更有当敢死队的决心。

为什么我会有这么大的改变呢？

这个故事要慢慢来说。

一次又一次的转折点，为我的人生带来数不尽的喜悦和教训、希望和鼓励。

我这只丑小鸭虽然没有变成天鹅，却从小鸭变成大鸭，自得其乐。

人生的 38 个启示　陈美龄自传

3

Mrs. Tang's
electric power

Mrs. Tang 的电力

一个好老师，
可以改变学生的一生。

———

在第一排，长头发戴着眼镜的我，是学校合
唱团的高音歌手。

自我肯定能力极低的我，根本没有心思去读书和争取好成绩。

师长和亲戚们常常说："二姐真棒。读书好，真是好女儿。""美美学习能力没有姐姐高，要多努力呀！"

那是真的。我二姐过目不忘，不温书也可以拿到一百分，永远考第一，是学校的模范生。加上她性格又好，深受同学尊重和老师疼爱。

这样优秀的姐姐，我翻筋斗也没法追得上。

我深深相信努力不会带来好脑袋。

我从生下来时已经是失败者，唯一的希望，是不要太给家人丢脸。

但我的这种想法，被一位老师改变了。

我们三姐妹都就读玛利诺修院学校。

在小学时，我并不是出色的学生，一年级时被编到B班，四年级时C班，六年级时更被降到D班。

D班的学生成绩都比较差，被视为不够能力去面对升中试，大有可能无法直升玛利诺的中学部。

妈妈非常担心我会被派到别的中学。我自己也觉得，升中试是人生中第一次被判刑的时刻，时刻到了，我一定会被判永不超生！

当时，学校对 D 班同学要面对的挑战非常关心，特别用热心的老师做 D 班班主任。我小六的班主任叫 Mrs. Tang，是一位牙齿雪白，笑容满面，戴眼镜的女老师。

当初，我没有怎样注意她。

有一天，我们要交升中试的申请表，上面要贴学生的照片。

妈妈带我去拍了照片，我把那张平平凡凡的照片贴在表格的左上方。当 Mrs. Tang 叫到我的名字时，我走到前面，双手把表交给她。

我没有抬头看老师。

Mrs. Tang 看了表后说：

"哇！你看，好可爱的样子呀！"

我以为我听错了。

我抬头看她，她向我点头，指着我的照片，满脸笑容，连眼睛也在微笑！

我脸红了，好像突然发烧！不知道如何反应。

Mrs. Tang用手指笃了一下我的头，"是呀！是讲你呀！"

我好像感到头顶触电，全身震荡发光！

一到课间休息，我就跑到洗手间，看看镜子中的自己……完全无变呀！

但我笑了。

因为在这个世界上，有一个人觉得我可爱！

心中暖暖的，眼睛湿了，鼻子红了……

"这是什么感觉呢？"我问自己。

想不通，但觉得好开心。

那是非常好的感受。

从那天开始，Mrs. Tang成为了我的女神。

我时常偷看她，希望她快乐，非常用心听她说话。

她说希望我们升中试考得好，她的愿望是我的任务，于是我决定，要努力在升中试拿到好成绩！

接受了Mrs. Tang的"电"后，我的脑袋清醒了，努

和家人亲戚切生日蛋糕。

人生的 38 个启示　陈美龄自传

力学习，专心读书，成绩也慢慢有进步。升中试的成绩不错，够分派回玛利诺中学，令家人松了一大口气。

妈妈说："美美终于生性了！"

Mrs. Tang 也非常高兴，笑得特别灿烂。

看到女神快乐，我简直是梦想成真。

那时我发觉，只要有心去做一件事，一定会有成功的方法。

到今时今日，也没有人知道我的秘密。

我的学习意欲转变不是良心发现，而是因为 Mrs. Tang 的存在。她给我不断的鼓励、无限的爱心和极大的勇气。最有效的，是她那有电力的手指和有电光的微笑。

Mrs. Tang，多谢您当日强力的"电我"，打开了我的学习开关。直到现在，那个开关还是"开"着的。热心的您，给我用不完的学习能量，想起那一刻，我现在还会眼湿鼻红呢。

4

Voluntary work
taught me
life lessons

做义工，
学做人

忘我为人，
是通往快乐的捷径。

中学时参加的义工工作，改变了我的人生。

升上了中学，虽然学习意欲有所改善，但自卑、无信心的问题仍然十分严重，而且总是觉得自己不幸运。

"为什么不生得我像姐姐呢？"

"为什么大家要拿我跟姐姐比较呢？"

"为什么上天不让我生在大富大贵的家庭里呢？"

"唉！我真的不幸！"

总之就是容易自怨自艾，不满现状。

当时学校有义工活动，学生可以自由参加。我觉得很有兴趣，参加了"圣母军"，当初的任务是在教堂派报刊、和小朋友玩游戏。

还记得我第一次跟着会里的大姐姐们去探望一间位于沙湾的儿童院时的冲击。院里收容的，大多数都是出生时缺少四肢的小朋友。

有一些小朋友因为没有脚，不能行走；有一些小朋友因为没有手，不能自己吃饭或拿东西；有些小朋友不能起床、不能转身……

他们聚集在前园等我们，我看到他们的情形，不觉流泪，不知所措。

几十对小眼睛在盯着我，前辈在我耳边说："别哭，快说话！"

我擦掉眼泪，好不容易说了打招呼的话，却没有人拍手。

我慌了，以为自己说错了话。

其实不是我说错了话，而是我忘记了有些小朋友不能拍手。但他们不是没有反应的。

小朋友们看着我，知道我真的说完后，大家互相点一点头，突然高声欢呼！

"哗~！欢迎 Agnes[1] 姐姐~！"

一些小朋友在摇身，一些在高跳，几十双眼睛，配上了几十个笑容，好可爱的脸儿啊！

太神奇、太感动了！

我深信那一刻，我的心像汽球一样被吹大了，充满着小朋友们的喜悦和笑声。我真的开心到要爆炸了！

那时的欢乐声，我现在还记得很清楚，相信永远会在我心中回响。

1　编者注：陈美龄的英文名为 Agnes Chan。

通过义工，我接触到没有父母的小朋友、看不见光明的小朋友、没有居住地方的小朋友、受伤或生病的小朋友……

　　一个小小的香港，在我不知道的地方，有无数在非常艰苦的情况下，每天为了活下去而挣扎的小生命。

　　但活了十二三年的我，却从不知道他们的存在。

　　为什么呢？

　　是因为我只看到身边的人，根本没有特别去关注在平常生活中碰不到的其他人，只是活在自己的小圈子里。

　　我家虽然并不是富裕，但我一天有三餐吃，有书读，有衣服穿，肚子痛了有药吃；

　　我有爸爸妈妈、兄弟姐妹；

　　我能看能走，能说能写，能和人拉手，能拥抱，能自己去厕所；

　　我不用在下雨的晚上没有栖身之地，一边哭一边等晨光来临；

　　我不会因病过世了，也没有家人送终和埋葬……

我发觉，原来我是一个十分之、十分之幸福的人。

所有的埋怨都只是无病呻吟，我没有资格不满现状。

有人说过：“身在福中不知福，不满不平的人是最不幸的。”

当时的我就是为自己制造不幸，把怨气的来源推卸到他人身上。

但看到在艰难中也不放弃希望的小朋友，我感到非常惭愧，觉得对不起他们。

他们启发我去为人着想，忘记自己，更让我有机会感受到“以助人为快乐之本”的真理。

不知不觉间，原本极度害羞的我在小朋友面前变得十分大胆。不但可以流畅地说话，还可以为他们讲故事、带唱歌、教加减乘除和中英文。简直好像是重新投胎，成为一个新的陈美龄。

当时的变化，我自己也不能够相信。

为了筹集给小朋友们的食品、旧衣等等，我不断练

害羞的学生民歌手，陈美龄。

习吉他和当时流行的民歌，通过唱歌呼吁善心。初时是在自己学校的学生面前唱，要求大家帮助；渐渐，一人传一人，其他学校也邀请我去他们的民歌晚会演唱，还上了一两次电视!

一九六九年的某一天，有一位唱片制作人来找我，问我要不要录唱片。

十四岁的我，天真烂漫，虽然面对着人生的转折点，却全不明白事情的重要性，也没有和家人商量，只觉得录唱片一定很好玩，竟眼也不眨地就冲口而出："好呀!"

就是这样答应了、决定了。

当时我只是一个穿校服、背书包、打篮球、做义工的中学三年级学生，从没有想到自己的生活将有一百八十度的转变。

当年若没有参加义工，没有碰上那些小朋友，Agnes Chan 陈美龄的这个民歌手一定不会出现。小朋友不但给了我勇气，更令我明白，只为自己着想的人是永远不会快乐的。忘我为人是通往快乐的捷径，是幸福的开始。

5

Debut song —
Circle Game

处女作——
旋转的人生

为了实现梦想，
其他力量也会随着增强。

在大会堂拍下的第一张送给粉丝的"明星照"。

人生的 38 个启示　陈美龄自传

请我录唱片的唱片公司送来了一盒声带。

"你去听听，看看有没有喜欢唱的歌？"

声带开始转动，我又紧张又兴奋，不敢呼吸。

首先听到的是一串精彩的吉他独奏，接着是美国著名民歌手 Joni Mitchell 的声音。

"Yesterday, a child came out to wonder...（昨天有一个小孩到街上玩……）"

好美丽的歌词和旋律，歌手的声音非常有说服力。

歌的内容是表达由童年到二十岁的感受，歌词说人生就像坐旋转木马，只可回头看，不可逆转。四季轮回，木马升高降低，人生就好像一个 Circle Game。

十四岁的我立刻着了迷，重复地听那首歌，希望吸收到作者的心情和感觉。

听了几次后，我跑去拿吉他，抱着吉他，找适合我的 key 和 chords。不到一个小时，我已学会了唱那首歌。

我把房门关上，独自高歌！

过了几天，制作人打电话问我：

"听完全部的歌了吗？选好了吗？"

那时我才发觉我只听了一首。但我毫不犹豫地答他：

"只听了一首。但我决定了，我选择唱 Circle Game。"

他惊奇，"我给你多一点时间，再听清楚吧！"

我坚持，"不用了。我希望唱 Circle Game——旋转的人生。"

后来发现，这是我人生中一个非常好的决断。

因为这一首歌既成为我的处女作，也是我的成名作。

Circle Game 发行后，在所有香港的流行榜夺得冠军，销量破了全港纪录。港人对这个慌慌张张的小民歌手大有兴趣，Circle Game 成为年轻人的流行曲、代表时代的作品。

那首歌是有翅膀的，它带我高飞，让我去到梦想不到的高峰、想象不到的广洋。

它进入人的心，把我的心和千万个其他人的心连在一起，在香港引起了 Agnes Chan 陈美龄热潮。

当时真的有一点"一飞冲天"的感觉，

又怕又喜，身不由己。

青春期的我，突然变成家喻户晓的人物。

妈妈对此非常满意："想不到你会唱歌！"

爸爸却非常担心，怕我会忽略学业。

有一天晚上，唱片制作人来与爸爸见面，表示希望做我的经纪人。爸爸什么都不要听，把他赶走了。

面对怒发冲冠的爸爸，我低头沉默，不敢作声。

一向特别疼爱我的爸爸问我："非要唱歌不可吗？"

我点头，爸爸大叹了一口气。

"那么学业怎么办？"

我没作声。

"你答应用功读书吗？"

我点头。

"那么你的成绩一定要好。平均分要八十分以上。做得到吗？"

我的头仿佛撞到石墙，眼前一黑，脚一软，坐在地上了。

我望着爸爸，希望他放我一马，因为我的平均成绩从未得过八十分。

成为电视和歌唱界的成员，与一流演艺人士共演。

但爸爸只是用严厉的表情看着我。

"做得到吗？"

因为我想唱歌，唯有咬紧牙根，明知那是无法完成的分数，但也说了：

"做得到。"

爸爸皱了一下眉头。

"唉！好吧！好吧！一定要好好读书呀！"

我赶快说声"明白"，然后就离开饭厅，跑回房间。

坐在床上，我开始怀疑自己是否说大话了。

我真的能做到吗？

但既然已许下了诺言，"一言既出，驷马难追"，唯有尽力而为，不负爸爸给我的期望。

从那天开始，我认真读书，努力"工作"。

我和电视台签了合约，他们为我开了一个由我主持的节目《美龄晚会》，大受欢迎；又和邵氏电影公司签合约，一开始拍戏就做女主角，歌曲更红遍东南亚。

另一方面，学校的成绩也大有改善，真的得到八十分的平均分。

原来为了实现梦想，其他力量也会随着增强的。

但一天只有二十四小时，根本不够用。早上起来上学，放学后去拍戏，晚上去录音，到半夜才能回家，睡不到两三个钟头又要再出发了。

"陈美龄狂想曲"，没有休止符。

—

雅丽丝和熊猫

—

好奇心会打开
人生的另一页。

为第一张日本唱片录音，又不安，又高兴。

人生的 38 个启示　陈美龄自传

大姐依龄有一位朋友从日本来香港度假。

"他是日本著名歌手，也是作曲家。我帮你请他上你的节目吧！"

他的名字是平尾昌晃，在《美龄晚会》上他为香港观众唱歌，也跟我合唱，气氛非常温馨，歌声也十分相衬。

临别的时候，我把我第一张大碟唱片送了给他。但因为我不会说日语，而他不会说英语，我们的沟通只限于音乐，很快我就忘记了这事。

谁知一个月后，从日本传来消息，原来平尾先生把我的唱片向各方宣传，有好几间唱片公司和娱乐公司听了我的歌声之后，都对我有兴趣，想邀请我去日本发展。

日本？

为什么是日本？

爸爸和日本有生意往来，当演员的大姐也曾在日本拍戏和演唱，但我却只是一个十六岁的高中生。

我刚考完会考，本以为一定不合格的，但为了令爸爸开心，我早晚不分地温习，很幸运地得到了三优四良，奇迹一般的好成绩，够分回到玛利诺读中六，更极有可能升读大学！

我能放弃多年努力得来的成果吗？

工作方面也是一样的，我的第一部电影《年轻人》卖座超出预想，公司马上开拍第二部，刚开镜，是和姜大卫主演的电影《叛逆》。

我的第一张大碟发行后成为销量冠军，唱片公司也正在赶录第二张唱片。

汽水公司找我拍了广告，我还得到亚洲十大歌星奖！

陈美龄的学业和事业上了轨道，我坐在特别快车上，一路顺风。

我有时间去日本吗？

应该去日本吗？

我很迷惘，但又好奇。

为什么日本人会找我？我有什么特别？

外面的世界是怎么样的呢？

说什么语言？吃什么东西？

天空的星星同样的亮吗？

泰国的“美龄热潮”，令我震惊。

春天的雨同样的一丝丝吗？

另一个世界的年轻人会喜欢我吗？

我的好奇心令我睡不着觉。

我想……我想……去找答案。

十六岁的春天，站在人生的十字路口上，四面都是绿灯，却没有路牌。

每一面都有人向我招手，我的脚却在地上生根，动不了，逃不得。

但我的好奇心，帮助我打开了人生的另一页。

日本的渡边娱乐公司请我和爸爸妈妈到日本，让我们多了解当地的情况。

东京是个大都市，公司请我们住在最名贵的酒店，我们还去老板的家吃晚餐，招待我们的人都穿和服。

老板告诉爸爸，他保证会让我继续学业，还介绍我们认识他的两位女儿。

"Agnes 可以住在这里，我们会把她当自己的女儿一般对待，不用担心。"

我知道爸爸心动了，老板说的都是他最担心的事，而且公司开的薪金非常高，的确是难以推却。

回家后，爸爸妈妈决定让我去日本发展，和渡边公司签了合约。

一九七二年的夏天，我到日本录唱片和拍唱片封面。我唱的是日本歌，录音室和香港的不一样，又大又新，机器又先进。我一个人在一间超大的录音室，又惊又喜。最初我还不太习惯，也不明白制作人在说什么。但奋斗了十几日之后，我终于圆满地把任务完成，录了我第一张日本唱片《ひなげしの花》（虞美人之花）。

那个夏天，我在日本度过了十七岁的生日。

我第一次吃了天妇罗，爱上了原宿，登上了东京铁塔。

我发觉自己不喜欢鱼生和寿司。

我学会了说"ありがとう"（多谢）和"さよなら"（再见）。

人家告诉我"你很Kawaii（可爱）"，我以为他们在说"Hawaii"。

拍照时我不会笑，只好一边唱开心的歌一面拍。

他们把我的英文名字"Agnes Chan"，用日文的字母写成"アグネス·チャン"，即"雅丽丝·陈"。

"在日本就用这个名字吧！"

我看到自己名字的日本字母，觉得很有趣。

我第一次学会了用日文签名。

暑假完了，我回香港升读中六。

因为我与邵氏的合约是拍三部电影，所以要在正式去日本前拍完第三部。

还要办转校的手续，忙碌到连和朋友说再见的时间也找不到。

一九七二年，中日邦交正常化，中国送了一对大熊猫给日本，它们的名字是康康和兰兰，十月二十八日到达东京。

一九七二年十一月二十五日，アグネス·チャン陈美龄的第一张日本唱片发行了，但我还在香港上课，不能去日本。

十二月二十二日，学校放假了，我正式去日本发展。

同一年，我和熊猫到达日本，被称为中日友好的象征。

美美和康康、兰兰将会成为日本的人气偶像。

但当时我们就好像只是不知不觉到了一个新的动物园，不知是梦是真，是吉是凶。

7

Agnes
Fever

雅丽丝热潮

最痛苦的不是受责骂，
而是失去了自由活动的权利。

—

每一次热唱，都人山人海。

民歌手出身的我，演唱时多数拿着吉他。但我在日本的处女作《虞美人之花》并不是民歌，拿着吉他唱会不自然。

"拿着麦唱吧！"

"但我是民歌手呀！"我反对。

第一次上电视时，我穿长裙，拿着吉他，坐在椅子上演唱。

"不自然呀！试试拿着麦唱吧！"

我唯有试一试，第二次上电视时，拿着麦唱了。

"多些笑容好吗？笑起来可爱呀！"

我在唱歌时是非常投入歌词世界的，《虞美人之花》是失恋的歌曲，不明白为什么要笑，但大家就是叫我试试看。

我每笑一次，都大受赞赏。

慢慢我习惯了，在镜头前自然可以笑起来。

一九七二年的除夕，老板在家里开通宵派对，差不多全日本的名歌手都来了。

渡边公司当时的旗下歌手红遍日本，势力很大，参加红白歌合战的歌手也来拜年。

老板对我说："明年你也可以参加红白呀！加油！"

但我当时想家、想香港、想回到我的民歌世界、想睡觉、想听广东话……

红白歌合战对于我来说，只是一个很遥远的梦想。

过了两天，公司在大酒店开了一个几千人参加的大派对。我是新人，要上台自我介绍。当天我没有穿公司为我买的歌衫，只穿上平常上街的衣服：短裙、毛衣、白长袜子和白鞋。

和经理人进会场时，刚好碰到部长。他停步看着我，向我经理人说：

"这样打扮好看多了。以后就穿这种衣服唱歌吧！"

就这样，我的形象被决定了。

短裙子、白长袜、长头发和笑容。公司给我的宣传句是"红宝石的笑容"，媒体说我是"香港来的天使"。

我的制作人对我说："未上电视之前，你是一位歌手；但一上了电视后，你变成偶像了。观众疯狂了！"

アグネス・チャン，雅丽丝・陈一炮而红，成为男

短裙，白袜，长头发，成为我的形象。

女老少的偶像。社会上发生了模仿陈美龄的现象，不但是唱歌，连我的打扮、发型都是模仿对象。唱片销量好自不待言，连白长袜也卖断市了。

我每天都收到几袋如圣诞老人的袋子一样的粉丝信；在台上演唱时，台下的观众会大声叫我的名字，尖叫声大到我完全听不到自己在唱什么。

学校门外每天都被粉丝占领了。我的睡房在二楼，在我窗下甚至每天都有几十人睡在路上。

经理人对我说："你一个人不能上街呀！因为会有太多人冲过来，引起混乱。"

有一个星期日，难得有一天假期，我求到日本探我的大姐带我去银座的三爱公司买衣服。三爱是卖女性服装的专门店，全店都是玻璃窗，是非常有人气的商店。

当年银座刚开始实施"步行者天国"，即是车辆不能进入车道，而三爱就是在"步行者天国"的十字路口上。

我和姐姐偷偷来到三爱，走上二楼，店里有很多流行的服装。

"哇！好多靓衫呀！"我不禁小声说。

但店里的人开始认出我了，我也刚找到一条喜欢的裙子，于是姐姐赶快把我推入试身房，把帘子拉上。

我把那裙子穿上，觉得十分合身。

"姐姐，很好看呀！"

我边说边把帘子拉开，但在我眼前竟是满店的人群，他们看到我就一起拍手，还大声叫我的名字。"步行者天国"的人群也蜂拥来到店前，从玻璃窗外向我挥手！

结果因为太多人、太混乱，我们没法离去，后来出动了几位警员，才成功保护我们回家。

那次之后，姐姐发誓永不带我去买东西。公司也非常不高兴："不是告诉了你绝对不能自己上街吗！"

我低头道歉，眼红了，哭了。

流眼泪不是因为受骂，而是觉得好像失去了重要的东西。

从那天开始，我失去了自由活动的权利。

我知道，自己的人气已到了我不可控制的水平。

说真的，我对"雅丽丝热潮"有一点害怕，害怕这个大浪会把我吞下，卷走。

8

———

I don't

exist

anymore

———————

我，
已不存在了

——

人在江湖，
身不由己。

当年日本的新人奖，我都拿走了。

人生的 38 个启示 陈美龄自传

一九七三年，我人生中第一次转校，从香港的玛利诺书院转到 ASIJ（日本美国学校）。六月份，我高中毕业，考入了东京上智大学的国际部。我的第三首歌曲《草原之辉》和其他歌曲一样大受欢迎，每一首歌曲都卖几十万张，在当年的新人歌手中非常突出。

我去日本活动是用艺人签证入境的。这签证十分严谨，不能长期逗留：每六个月就要离开两个月，再重新申请六个月，好麻烦的。但这对我来说是不错的规限，因为每六个月就可回家两个月！

但即使在回港的两个月里，我也要不停奔波，无法休息。

我为电视台拍了电视剧，为唱片公司录了唱片，更到泰国为电影宣传。泰国的美龄热潮把我们吓坏了，机场挤满粉丝，去戏院的道路上都是人，甚至屋顶上的人也不停向我挥手。

连公主也要见我，表演要加场……这是什么一回事？

我的歌曲打动了很多人的心，这令我非常感动，但仍然不敢接受现实，不相信自己真的成为这么多人的偶像。

话说回日本，当年我在日本得到了无数的新人奖，也是新人之中唯一入选红白歌合战的歌手。公司喜出望外，邀请我家人到日本看红白和度假。小小年纪的我，也算为家人做出了一点贡献。

美龄热潮过了年也没有改变，第四首歌《小小恋爱故事》更夺得销售冠军，成为百万作品。我开始有自己的电视节目《Hi Agnes》，也有自己的电台节目。市场上有我的洋娃娃，有美龄麦、美龄三轮车、美龄吉他……陈美龄是一个大生意。

我更开始巡回演唱。每到一个地方都会引起大规模的混乱，车站挤满了人，上落火车非常困难，要多人保护，否则衣服和头发都会被拉扯。无数的单车在车后追着我们，非常危险，很不容易才能到达会场。

我一天会做两至三场的音乐会，早上十一时、午后二时半、黄昏六时半。做完后坐火车到别的城市继续其他工作，深夜再坐火车回东京，早上上学。放学后去电视和电台拍照采访，最后去录唱片，半夜回家，六点又

我的电视节目《はい！アグネス》（你好！雅丽丝）
是年轻人的人气节目。

起床上学。

总之就是有做不完的工作、赶不完的功课，甚至找不到时间吃饭或洗澡。我一坐下来就会睡着，有时连站着也会睡着。

我的经理人告诉我："一分一秒都不能浪费呀！你的成功是十分珍贵的呀！"我觉得自己像笼中的小老鼠，不停在木圈里跑，永无终止。

百忙之中，我最喜欢的是在录音室里，戴上耳机，投进自己的音乐世界的时候。只有这个时候，我才可以闭上眼睛，把全世界忘掉，用心唱歌。

我深爱歌唱，也知道我能唱出很多年轻人的心声。所以我不怕工作辛苦，因为我知道一定要有人气，才能继续我的音乐生命。"要做好其他工作才能保持人气的呀！"旁边的人时常提醒我，我也明白那道理。

但有些时候我会忍不住泪水，在无缘无故之下突然大哭。

哭了后不能拍照，不能录音，所有的工作都要停下，等我安静下来，这为工作人员带来很多不便。

到现在我还不知道，那时为什么会突然哭起来。根本没有悲伤的原因。

可能是太累？可能是寂寞？

可能是不想再在镜头前笑？

可能是走不动了？

可能是情绪不平衡？

小老鼠想有人帮它脱离木圈，放它出笼，吸吸新鲜空气，散散步，大睡几天。但这小小的愿望，在十八岁的我看来，非常难达到。

人在江湖，身不由己。

我的时间是别人的财产。

我的青春，是别人的生意。

世上只有偶像陈美龄，我，已不存在了。

9

Meimei,
wake up!

美美，
醒来吧！

发恶梦时，
旁边有人叫醒您吗？

偶像的生活，并不像看起来的轻松。

香港的家搬到了浅水湾，我首次有自己的房间。

读医科的二姐很有室内设计的天分，把家装修得大方得体。我的房里有蓝色的床、蓝色的椅子，还能看到海景！对我来说，简直是一个蓝色的梦。

可惜每次回家都很忙，不能好好享受自己的空间。

我的发展平台继续增加，台湾的导演来港请我拍电影。第一部电影《燕飞翔》非常卖座，剧中的歌曲也大受欢迎。我一共为台湾拍了三部电影，也出了好几张唱片。

我还接受了新加坡和马来西亚的邀请，去做了数场音乐会，尤其在新加坡受到热烈的欢迎。我在球场办演唱会，满场粉丝很狂热，令我得到很大的鼓励。

因为时常要来回各地，每次都要不停的整理行李。衣服拿出来又放回去，又拿出来又放回去。好像浮萍飘泊，无地生根；舟车劳顿，马不停蹄。

除了在日本的工作之外，其他工作都是姐姐和妈妈给我安排的。没有当经理人经验的家人和年纪轻轻的我，要用直觉去决定接不接工作。

就算是家人，有些时候也会因为我的工作而意见不合，吵起架来。我左右为难，无力应付，只好不作声，等待火花消失。一家人的物质生活是改善了，但精神生活的质量可能反而下降了。

接了的工作，我都会全力以赴，用百分之一百二十的力量去完成。不知道从哪来的信心，我觉得只要音乐一启动，我就能和观众沟通。所以我到什么地方都不惊慌，因为我相信我和粉丝心连心。

媒体对我的报道非常正面："陈美龄的人气年年上升，前途无量。""雅丽丝是亚洲最受欢迎的歌手之一！"

但因为我不是一个梦想做歌星的人，所以我对自己的"成功"并没有太大的成就感，也不明白如何去珍惜，更没有优越感。

我的工作有很多限制。当歌手要健康，不能生病或伤风，不能做对声音有影响的事；因为我也是演员，所以要保持形象，不可太胖，不可长青春痘，发型不可随便改变；而且我还是偶像，所以不可有男朋友，要时常微笑，不能有不健康的嗜好如喝酒吸烟；吃每一顿饭都要小心翼翼，早晚洗脸也不可大意，要做好健康管理，在人面前还要永远保持笑容。

为了不让粉丝失望，有很多事我都不能做，对十多岁的少女来说，其实压力是非常大的。

有一天晚上，我发了一个梦。

梦中我站在一个房间里，四面八方是不断迫过来的墙壁。

我不断找门口，但找不到，我尖叫，我哭了！

"美美！美美醒来吧！你在发梦呀！"

我张开眼睛，见到爸爸！爸爸把我从恶梦中救出来了。

在现实生活中，爸爸也会把我从这生活中救出来。

10

Retire from
singing
temporarily

暂时
退出歌坛

把翅膀张开吧！
否则会撞地。

———

以退为进，找寻新天地。

一九七五年的冬天，爸爸到日本探望我，想看看我的工作情况。当时我正在九州做巡回演唱，爸爸看到我每天赶三场演唱会，还有在火车上累极而睡的样子，非常痛心。回到东京后，又是忙碌得像机器人，爸爸跟着我跑来跑去，吃不消，眼花缭乱。

"你时常都是这样忙的吗？"

"是呀！分秒必争呀！"

爸爸当时的面色不大好看，我知道爸爸不满意我在日本的生活。

当我为了换护照回家时，家人开始讨论我应否退出歌坛，然后去加拿大一个没有人认识我的地方把大学读完。当时，所有的合约刚结束，新合约在手，但还没有签名。一旦签了，至少有半年以上不能退出。

爸爸和大姐赞成退出。妈妈反对。其他兄弟姐妹没有意见。

"做得好好的，为什么要放弃？"妈妈说得也对。

"做够了，应休息。大家都需要休息。"大姐反驳。

我非常困扰，不知道究竟发生了什么事，看不清谁才是真的为我着想。

"会失去很多东西呀！难得建立了的事业基础，在人气高峰时退休？不知所谓！"

妈妈觉得我们疯了，我更加迷惘。

爸爸对我说："名誉地位、金钱财产都像流水，会失去的、会被人抢走的。但进了脑袋的知识却没有人可以抢走，是你一生的宝物。可以读书时，应该好好珍惜机会。"

我听了这番话，觉得爸爸说得很有道理，"先把书读完再想吧！"

我被爸爸说服了，于是我把我的一票投给退出歌坛的提议。

妈妈很失望，但人多声大，陈美龄勇退歌坛，就是这样决定了。

但这个决断的破坏力有多重、对自己的影响力有多大，当时我完全不了解，只是不顾一切地投下了一个"退休"的大炸弹。

一九七六年初夏，我在香港召开记者招待会，宣布退出歌坛，令在场的记者都惊讶，当时成了头条新闻。"陈美龄勇退歌坛！""陈美龄突然宣布退休！"

当天，消息一传出，日本来的电话就响个不停。第二天，十几位公司的人从日本赶来，坐在我家的客厅。

我躲在自己的房间，让"蓝色的梦"带给我一点安宁。

房外气氛凝重，没有人做声，大家都在等我爸爸。屋外则是等着新消息的港日记者。我不敢接近窗门，不敢离开房间上厕所。

爸爸终于出去和日方见面。渡边公司的部长声音最大，请求爸爸告诉他记者会上说的话不是事实。当爸爸说是事实时，部长的声音变得既愤怒又难过："为什么不和我们先商量呢？"

听到部长声音中的失望，我后悔没有先告诉公司。

爸爸解释说："先商量的话，可能走不了。合约刚满，这是个好机会。"

对日方来说，这是晴天霹雳。用日文谚语来形容，是"寝耳に水"，如同睡着时有人灌水进耳朵里一样的震惊。

交谈逐渐升温，很多人一起说话，我连内容也听不清楚。我开始感到事态严重，不能简单解决。但爸爸意志坚定，没有退让。

最后决定，我去留学之前，先回日本向歌迷道别，并灌录唱片；到加拿大后也继续为唱片公司录音；若有朝一日重回歌坛的话，一定和渡边合作。

几天的会议终于结束了！日方急急回日本做准备。

我的心情很复杂，觉得对不起公司，更对不起粉丝们。

家人舒一口气，希望没有做出错误的选择。

爸爸见到媒体和各界的反应激烈、极度关注，怕我受不了，提议大姐带我去欧洲旅游。

"避开一下吧！"大姐也赞成。

于是我们买了机票，全无计划的就登上了前往伦敦的飞机。

飞机起飞后，我从窗口俯瞰香港，小声对姐姐说：

"是不是好像逃亡一样呀！"

但旁边的姐姐已熟睡到不省人事，一连串的骚动把

人生的 38 个启示 陈美龄自传

她累坏了。

我也闭上眼睛，希望忘记一切，但睡魔偏不出现，耳边仿佛仍然听到客厅的交谈声，无法入睡。

我不知道这个决定是否正确，更不知道这是一个结束，还是一个开始。

我从来不怕坐飞机的，但那天却手心冒汗，口干，好像是学飞的小鸟被母鸟推出巢外一样的感觉。我不断往下坠，必须快把翅膀张开，否则会撞地。但我实在太累了，无法起飞，只愿有一片云可让我躺下，休息一下。

欧洲旅游，就是我当时需要的彩云。

11

I cannot live

without Papa

我不能没有了爸爸

**父母在的时候，
要告诉他们您爱他们！**

爸爸是我的守护天使，永远站在我的一边，
我不能没有了爸爸。

人生的 38 个启示 陈美龄自传

我和大姐在伦敦参加了旅行团，和从世界各地来的人到欧洲各国游玩。我们看历史古迹、旅游胜地，大开眼界。

　　"世界真大呀！"

　　我一时忘记了现实，笑容也回来了。我们在法国吃苹果派，在荷兰看风车，在德国吃香肠……每天都很精彩。

　　到达意大利时，公司的人追上我们了。他们请我们吃饭，坐在罗马的露天餐厅，一边吃饭一边解释回日本开告别演唱会的日程。除了在各大城市演唱之外，还有特别告别节目、灌录新歌等等。

　　我看着排得满满的日程表，胃口尽失。不是怕忙，而是怕不知道如何向爱护我的粉丝解释。我最怕跟人道别，尤其是不知道还有没有再见的机会。

　　在日本的告别音乐会空前轰动。

　　因为可能是永别歌坛，我用全副灵魂去演出，希望能报答歌迷的多年支持。粉丝们尖叫，泪洒会场，有人冲台，有人晕倒。我的心碎了，眼也哭肿了，难分难舍。

　　所有工作完成后，我觉得自己好像变成一具空壳，所有气力都用完了。

一九七六年九月，抱着期待和不安的心情，我飞向加拿大多伦多，开始我的留学生活。我把上智大学的学分转到多伦多大学，入读三年级，专攻儿童心理学。

迎接我的是秋天的多伦多。多伦多的秋天美得如童话世界。

红叶蓝天，清风白云，我着迷了。

大自然安慰我、拥抱我，让我深呼吸、让我当我自己。

我在大学里交到新朋友，又找到喜欢读的课程。

每天既新鲜，又快乐，享受自由、没有压抑的生活。

那一段时间，是我人生中最无忧无虑、最开心的时光。

那年冬天，多伦多特别冷，雪也下得特别多。爸爸要妈妈来探我们。

当时刚好是冬假，我们和一班同学带妈妈去纽约玩。不久二姐打电话来："爸爸的胆石发痛，要入院。"我们吓了一大跳，妈妈急忙回港。

到了三月，二姐再打电话给我："立刻回来！爸爸的手术出问题。"

我立刻订机票，连要向学校请假都忘了。那一程飞机，是我觉得最长的旅程。

其实胆石手术的致命率并不高，每一百人中大约只有六位，所以我们当初并没有太担心。但爸爸的第一次手术失败，我到医院时爸爸已经做了第二次手术。看到爸爸受苦，我心如刀割，爸爸却很高兴见到我。

医生说唯一的希望是再做一次手术，但成功概率不高。妈妈不想爸爸再受苦，不愿签同意书。但爸爸一定要试试，自己签了。

当晚我守夜陪爸爸。我拿着爸爸的手，爸爸说："不要放手。我怕我不会醒来。"我急忙说："别这样说。我不会放手的，睡吧！"爸爸看着我说："要是我不在，要好好照顾妈妈和弟弟们呀！"我点头，强忍着泪。

爸爸睡后，我哭成泪人。

第三次手术后，爸爸没有回病房，被送到ICU（重症监护室）。

三月二十四日，在爸爸妈妈的结婚纪念日，爸爸去

一个人去世后，就永远都不能再相见了。

人生的 38 个启示 陈美龄自传

世了。

当年爸爸五十六岁，妈妈五十岁。

全家人都不能接受这悲伤，眼泪都流干了，哽咽难言，伤心欲绝，食不下咽，寝不能寐。妈妈要生要死，大家都不知道怎么去面对这事实。

爸爸是我的守护天使，不管我是否有名、是否成功，爸爸都会无条件地疼爱我。有爸爸在身旁，没有人会欺负我。爸爸永远站在我的一边，支持我、信任我。

一个人去世后，就是天人永隔，永远都不能再相见了。

但我一定要见到爸爸，我需要告诉他我爱他。

我需要让爸爸知道，我迷惘时会选最难的路，因为那是爸爸教我的。

我需要爸爸参加我的大学毕业典礼、我需要看到爸爸为我骄傲。

我不能没有了爸爸……

我觉得脚下的地面裂开了，我坠进了黑洞，即使大叫也没有人会听得见。

我知道我永远不会再找到像爸爸一样爱我的人。再没有人会无条件地珍惜我。

爸爸过世后，我不再是小孩子了。
我要从受家人保护，变成去保护家人。
爸爸叫我做的事，我一定要做到。
二十一岁的我，虽然失落，但真的长大了。

12

Hear not in songs,
desire not
in performance

心不在歌，
意不在演

上天会伸出援手的，
不要太绝望。

毕业于多伦多大学，攻读了儿童心理学。

人生的 38 个启示 陈美龄自传

葬礼之后，我回到加拿大继续完成学业。

我考到驾驶执照，想哭时就开车，在加拿大的高速公路飞驰，关上窗，用大音量听ABBA，一边听一边大哭。哭够后我会买些水果和坚果，去公园找小松鼠，和它们一起吃。

我不再交朋友，只是埋头读书，读更多的书。

我把头发剪短，不能从心底笑出来。

有空的话，我只想一个人，静静地看天空、飞车、看小河；再飞车、看日落；又飞车、看星星；继续飞车……

我太想念爸爸了，难过到不能自拔。

求学期间，日本的唱片公司请我到加州录唱片，又再三要求我毕业后回日本唱歌。

我没有答复，因为我也没有答案。

一九七八年，我大学毕业了。

日本媒体远道来采访，同学们发现我是歌手，非常惊讶，怪我没有告诉他们。

大学校长在台上发言时，指出有一位亚洲歌星毕业，而且是一位优秀的学生，他感到惊讶和高兴。我心想，要是爸爸听到这番话，一定会好心甜、好骄傲。很可惜他已不在了。我希望爸爸在天堂能知道，我有守诺言，把书读好了。

渡边公司的老板娘和经理人都来加拿大探我，希望我复出歌坛，但我对此抱保留态度。一方面我已考进了研究院，可以继续求学；另外一方面是，我已经没有在歌唱界竞争的意欲。

英文有一句话："Been there, done it"，意思是"去过、做过"。

十几岁就走红的我，拿过唱片销量冠军，做过无数的演唱会，参加过红白歌合战三次，得过很多奖。一个歌手希望达成的愿望，可以说我都做到了。那么我还要为了什么唱歌呢？我应该追求什么呢？

我没有信心可以找到目标。

家人对我是否复出也有不同看法，大姐反对，妈妈赞成。有一天，大家为了这事吵起架来。妈妈叫我带她

人生的 38 个启示   陈美龄自传

重回歌坛？继续学业？人生之道，难以选择。

—

我的理想未来是怎样的？什么工作会令我快乐呢？

人生的 38 个启示　陈美龄自传

上洗手间，到了洗手间，妈妈突然哭起来。

"若你没有去加拿大，我就不会去探你。只要我在身旁，爸爸就不会死！"

妈妈的话好像一张利刀，直穿我心。

我呆了，呼吸也停了。

镜中的我脸白如纸。

原来爸爸的死，原因在我。

我不退休的话，爸爸就不会死。

妈妈继续说："你回去唱歌，我也有些寄托。听妈妈的话，重回歌坛吧！"又说："唱多几年，结婚就好了。"

罪恶感令我不能拒绝妈妈，而且我也希望妈妈开心。

带着六个孩子，妈妈也受了很多苦。再加上爸爸去世，妈妈的心境一定很悲痛。若我的复出能开解她的话，我愿意。

我小声说："好吧！"

妈妈笑了，很高兴："就这样决定吧！"

一九七八年，陈美龄复出的消息，在日本成为大新闻。

"她真的拿到学士学位呀！"

"不知道有没有变？"

公司为我准备好新歌，在武道馆开复出演唱会，还做了很大的宣传。我对此非常感谢，但有点心不在歌、意不在演，好像失去了和粉丝沟通的力量。

在加拿大时，我有时间想想人生的意义。

我究竟想做什么？

我的理想未来是怎样的呢？

什么工作能令我觉得既快乐，又有意义呢？

那时，我想起了在中学做义工的时光。一记起小朋友的笑容，我就嘴角上扬，温馨的感觉充满心窝。我知道我想为小朋友服务。

回到日本，我跟公司说："我工作的选择是歌唱界，但人生的另一条支柱，我选择义工。"

经理人大大反对，怕人说我为宣传而做善事。

"而且一分一秒都很珍贵，怎么可以用在没有收入的事上呢？"

我当时还年轻，不能理解公司的想法。慢慢，精神上的负担开始影响我的健康状况。我的眼睛突然看不清，好像画面的一角会动起来；又会肚痛、头痛、累得要命也睡不着。但我没有告诉任何人，怕大家担心。自己的选择，要自己承担。

这时，香港娱乐唱片公司找我录唱片，而且是广东歌的唱片。

我从来没有唱过广东歌。英语、日语、普通话都唱过，唯独自己的母语、广东歌却没有唱过。

这就好像上天伸出援手，告诉我人生还是美好的，不要太绝望。

似乎我又要面对人生的转折点。

13

———

Searching

for

directions

寻找方向

———

回乡探亲，
重温初心。

和桂林的小朋友，一下子就变成了好朋友。

人生的 38 个启示 陈美龄自传

在日本我依然找不到目标，但在香港我找到一个新的自我表达方法。

《雨中康乃馨》是我第一首广东歌。

我做梦也没有想到我会这样喜欢唱广东歌。广东话有九（或十一）声，只要音乐配合歌词的声调，歌手跟着音乐唱，就会很容易唱出歌词。我特别喜欢广东话的尾音，唱起来特别有音韵。娱乐唱片的刘太每天都来听我录音，她对我说：

"不要用尽声音，要忍着唱呀。"

我试试她的提议，竟然发现自己拥有另外一副更温柔、更甜美的歌声。那是完全新的表达方式，一个新的陈美龄世界。

《雨中康乃馨》是电台广播剧的主题曲，很快就受到注目，流行起来，还成为当年的"十大金曲"；《愿君真爱不相欺》也大受欢迎。我特别喜爱唱小调，每一句都有广东话的特色，只有广东人才能充分的表达和欣赏。

第一张广东大碟成功了，更为我带来新的粉丝。我每次回到香港就会录音、上电视、唱歌；一张接一张的唱片都得到共鸣，人气大增，在香港乐坛重新建立了自己的地位，开始了第二个黄金期。

但这次我没有感到压力，反觉得如鱼得水，享受自己的新音乐风格。

除了香港，台湾也向我招手。我在台湾灌录了新唱片，其中由我作曲、慎芝作词的《归来的燕子》特别受到好评。

在日本，我和公司还在摸索一个互相能接受的歌路和形象。长大了的陈美龄，应如何推广呢？清纯形象？性感形象？知识分子形象？

公司觉得我反版，我却觉得公司不理解我。我们迷失了方向，士气低落。我不明白为什么要继续唱歌，找不到唱歌的意义，看不清自己的未来。刚好我又到了适婚年龄，旁边的人不停问我什么时候结婚。

去日本工作不愉快，回家又被追婚事，当时真的好像没有容身之地，只感到有苦难言，虚度光阴。

八十年代初期，中国进行改革开放。为了推动文化交流，一九八一年，中国与意大利、美国和日本合作拍摄了"马可波罗"的国际电影，也是新中国第一次和西方国家合作的作品。

导演来日本找其中一个女主角时，约我见面，一看到我，就和旁边的人点头，然后对我说："我觉得您十分适合，希望您愿意参加演出。"

我还未自我介绍，真幸运！

我当然接受了邀请，因为我很想回中国看看，了解一下祖国的风土人情。

拍摄外景的地方是桂林，我扮演一个村女。

桂林山水甲天下，绝世美景当前，外国的朋友们都惊叹赞扬。

村民大部分都是第一次看见外来人，既好奇又害羞。但他们的艰苦生活，令我感叹万分。小朋友们吃不饱，穿不暖；没有鞋子穿，没有学上；大的背着小的，跟着我们跑，拾起我们丢的果皮，大伙儿坐在地上分吃，还满面笑容地说："真好吃呀！""哇！好吃的东西呀！"

看到这样的情景，我很难受，又心酸。

在拍摄的空当，我就和小朋友们玩耍，跑来跑去，

为拍摄"马可波罗"电影，我得到了回中国的机会。

人生的 38 个启示 陈美龄自传

又教他们唱歌。一下子我们变成了好朋友，他们每天都在村口等我来。

电影拍完，人是回到了日本，但我的半个心却留在桂林，离不开小朋友们的欢笑声。

这电影的主题曲《漓江曲》也是由我主唱的，在香港成为当年的热门歌曲。

渐渐，一般人回中国开始比以前容易了，我第一时间想去妈妈的故乡贵州，探亲和看看妈妈长大的地方。

爸爸在香港出生，英皇书院毕业，接受中英文双语教育，是典型的香港人；但妈妈对我来说却有一点神秘感。

贵州是个什么地方？亲戚和我像不像呢？妈妈以前是怎样的一个女孩呢？妈妈煮的菜能在贵州吃到吗？

妈妈没有反对我去，但给了我一个忠告。

"贵州天无三日晴，地无三里平，是一个贫穷的省。无论看到怎样的情况，也不要失礼呀！"

我很兴奋，做了各种准备，回乡探亲。谁知道这个寻乡之旅，将成为改变我的人生之旅，也是重温初心之旅。

人生的 38 个启示　陈美龄自传

14

The swallow
return to
its nest

归巢的
燕子

上天给我们的天分，
是希望我们能用得其所。

贵州的亲戚用铺满了桌面的佳肴欢迎我们。

贵州省贵阳市的机场，站满了来接机的人。我心慌了，那么多人，不知道谁是我的亲戚呀！但我想到一个好办法，只要慢慢收拾行李，等到最后才下机，那么剩下来的人一定就是接我机的人吧！

机上服务员见到我不下机，过来说："请下机吧！"

我问她："为什么这么多人接机呀？"

她笑着说："他们不是来接机，是来看飞机的。"

"噢……"我的小算盘徒劳无功，只好跟着她下机。

出了大堂，还是很多人。我走来走去，希望有人认得我，突然在人群中看到一张熟悉的面孔，是一个和我小时候一模一样的小朋友。

"哇！好像我呀！"我不禁惊叫。

小女孩偏着头看着我。

我走近她问道："你是来接陈美龄的吗？"

她张大眼睛，好像灯笼一样大，然后指着我，跳起来大叫：

"美龄阿姨到了！美龄阿姨到了！"

转眼间，十几人蜂拥而至，声势浩大。大家七嘴八舌，有人和我握手，有人拥抱我，有人摸我的头发，有人在

———

故乡的热情，唤醒了龙的传人的乡愁。

人生的 38 个启示　陈美龄自传

流眼泪……大家都是亲戚，都是家人！

从贵阳到贵定要坐三个小时车子，亲戚们租了大巴士来接我。

我的贵州话不灵光，只好找年轻人为我翻译，慢慢分清谁是舅舅、舅母，谁是表兄弟姐妹等等。

到达妈妈故乡的小镇时，我发觉正如妈妈所说，贵州真的是十分穷困。村里没有自来水、厕所、电灯，屋子也很古老；到处只有泥路，车子也难进入。

村里的时光，好像停滞在数百年前。

我到舅舅家里休息，村里的人都走来看我这个香港人，在窗前挤来挤去。"不要挤呀！不要挤吧！"舅母叫也没用，我有一点尴尬，只好笑着挥手。但外面的人没有笑容，没有挥手，只是定眼望着我。

终于，"嘭！"的一声，窗子给推破了。

舅母把我拉到睡房，让外面的人看不到我，"要不然房子也给推倒了！"

舅舅对我说："你是解放之后，第一个回来看我们的人喔！所以村里面的人都特别高兴。"

热烈的欢迎一直持续到晚上，亲戚们设宴招待，桌上满是佳肴，表亲、乡亲、老师、朋友，大家一起享用。村里的一大群小朋友走过来说：

"阿姨，我们为你唱歌！"

我拍手说："好啊！好啊！"

他们就"一、二、三！"的唱起来了：

"越过大海，你千里而回，朝北的窗儿为你开……"

我惊讶不已，呆了。他们唱的是《归来的燕子》，是我在台湾录的歌曲。当年海峡两岸关系不佳，我万万想不到在贵州能听到这首"禁歌"，鼻子一酸，哭起来了！

孩子们在唱，老人家都流泪了。

"不要徘徊，你小小的心怀，这里的旧巢依然在……"

大家不知道为什么这样感动、这样伤心。是不是想起见不到的兄弟、拜不到的祖坟、找不到的爱人、去不到的家乡？

可能我们的泪水是中国人的悲剧的象征。

战争的结果把亲人分开，政治的不同把家族隔离。虽是同根生，却不能同处相依。多年的想念，一曲代心声，何能不哭？谁能不流泪？

当时的我，泪如泉涌，浑身发抖。龙的传人，初感乡愁。

小朋友唱完后，小声问我："阿姨，你在哭什么？"

我笑着答："阿姨高兴得哭了！没事！"

但我知道不是没事，因为在我心中，涌出了新的力量，一股能推山倒海的力量。那力量是"音乐"和"歌声"。

当时我明白了为什么我要唱歌、做歌手。我相信上天给我这个天赋，是希望我可以把人的心连起来。

我生在香港，这个两岸中间的城市。当年，两岸的亲戚没有机会见面，可是当他们听我的歌曲的时候，他们可以感觉到同一样的思乡情。

我的歌曲就像一座桥，一座可以让两岸的同胞把心连起来的桥。

"不能放弃唱歌，要让自己的歌声变成和平的桥梁。"我当晚睡在妈妈家乡的木板床上，下了决心。

我找到了自己的人生目标和继续歌唱的理由，安心大睡，如回到旧巢的小燕子。小燕子不知天高地厚，满怀着对故乡的爱，勇敢地直闯遥远的梦。

人生的 38 个启示　陈美龄自传

15

—

My better half

我的另一半

—

茫茫人海中，
一定有您的另一半。

虽然不是一见钟情，但一定是情意独钟。

人生的 38 个启示 陈美龄自传

回到日本，公司派来了新的经纪人。

他个子高高的，不穿西装，而是牛仔裤配短靴，戴黑眼镜；他不苟言笑，很酷，行为举止充满信心，走过时会卷起一阵微风，令每个人都不禁回头看他；样子也很帅，声音也很好听。

他曾是泽田研二的经纪人，在公司是年轻有为的人才。我在他旁边，觉得有点受威胁，有点害怕。

他自我介绍完后，看着我说："大家认识一下，今晚我带你去吃意大利菜。"

我不喜欢到外面用餐，因为不想受人注目。每天做完工作，第一件事就是回家，洗澡看书听音乐，然后睡觉；吃晚饭并不是必须的事。

但因为与他刚见面，不好意思推辞，勉勉强强地跟他去吃饭了。

他点了菜，问我有什么理想和愿望。

很少经理人会请我吃饭，更少经理人会问我的理想。

那时我刚从贵州回来，脑袋里充满着小孩子们唱的

《归来的燕子》。我有很多理想，但又觉得都是很难实现的梦；我渴望能有人了解我的愿望，但又觉得没有人会明白。

我好想诉说，但是又急又羞。

他看我不说话，就鼓励我："不用怕，告诉我吧。"

听到他这句话，感觉到他的关心，我心结一解，眼一红，头一低，就哭了。

突然的泪水吓了他一跳。

他坐在对面等我说话，餐厅太黑，我看不清楚他的表情。

我一边哭，一边把自己的想法一口气说出来了。他没有说话。

菜来了后，他一直把食物放到我的碟上。我一边吃，一边哭，一边说，吃了些什么完全记不起了，只记得整晚都在解释我什么时候、为什么做义工、想唱些什么歌、回到妈妈的家乡时怎样感悟到人生的目标等等。

他默默地听，默默地送我回家。没有说话。

我关上门，后悔莫及。

"为什么要对一个陌生人说心事？为什么要哭到眼

也肿了？为什么自己那么搞笑？"

我深信新经纪人一定觉得倒楣，被派遣来照顾我这个"哭包"，又麻烦，又不听话，又情绪化。可能从明天开始，他就不会再来了。

但第二天早上，他仍然来接我去工作。

上车后，他认真地对我说：

"昨天晚上你说的话是真心的吗？"

我点头。他望着路，好像在沉思。

过了几分钟，他说：

"那么我们要好好地谈一谈。"

当天晚上，我与他和司机三人，在快餐店里开会。

"看来你是真的想做义工。但公司是做生意的，赚不到钱的歌手，不可能让她自由活动。首先要把工作做好，才能谈义工。若你什么工作都愿意做，对公司有贡献的话，剩下来的时间，一定可以做你喜欢做的事。"

他很严肃地向我解释，我觉得他的道理很有说服力。

他问我："做得到吗？"

我点头。

"那好。我会去找工作，大家加油吧！"

虽然样子完全不像，但我在他身上看到了爸爸的影子。

不知道为什么，我感觉到他是可以相信的人。

除了爸爸之外，他是我第一个百分之百相信的男人。

他的名字叫金子力。

碰上了我，金子力的人生哲学大变。

遇到了他，陈美龄的命运轮盘转动。

性格完全不一样的两个人，不论从什么角度看也不相称的两个人，那天晚上在快餐店里握手，共同向新目标前进。

是天意还是人为？

是偶然还是必然？

总之，两手相执，创造出来的动力是我们自己也停不下来的强大。

一加一并不是二，而是无限大的可能性。

从那天开始，我不再寂寞，不再孤单，不再彷徨。

在茫茫人海中，我找到了我的另一半。

16

—

Second
golden period
in Japan

—

在日的
第二个黄金期

—

未来是自己创造的，
要相信奇迹。

———

新形象，新动力，新人气。

有一天在车上，金子力转过头来看我，指着我的眉间。

"不要皱眉头，不好看呀。"

我瞪着眼，不知道他在说什么。

他继续说："这是给你的功课：不要再皱眉头。"

直到他告诉我之前，我根本不知道我有这个习惯。

"我没有皱眉头呀！"我反驳。

他笑着点头："有呀！"

我问我的司机："我有皱眉头吗？"

司机指指倒后镜。我引颈看看镜子里的自己，果然是眉头紧皱，很不友善的样子。

他们回头看我，我虽不服气，但也只好承认。

他们看到我脸红的表情，大笑不止。

我一思考就会皱眉头，一皱眉头就会忘记笑容。

自那天开始，他们会不时留意我，我一皱眉头，他们就会指指自己的眉间，扮个傻脸，提醒我要宽容一点。

我一看到他们的傻脸就会笑起来，多了笑容，心情也会变好，特别是上电视时，我的严肃形象有了正面的改变。

——

千变万化，绝无冷场。

人生的 38 个启示 陈美龄自传

"笑起来很好看呀！"旁边的人也鼓励我。笑容灿烂，人气也大幅提升。

最初的功课是我的眉间，接下来是我的幽默感。

金子力说："你太严肃了，要训练你的幽默感。""做人要风趣一点，否则人家以为你不友善呀！"

但我是歌手，不懂得搞笑，上节目时因为不想受注目，甚至希望主持人不要问我的意见。但当时日本越来越少歌唱节目，主流是搞笑的娱乐节目。

"你要出演这些节目，才可以保持人气。有人气和高收入才可以做义工呀！"金子力提醒我。

"但我不会说笑话，请你不要找这样的工作。"我要求他。

但要求也没有用，他开始安排我在娱乐节目中演出。

"想到什么就说什么，他们一定会喜欢你的。不用怕。"

金子力鼓励我，我只好答应，尝试想到什么就说什么。

当初不知道观众会有什么反应，而且觉得有点尴尬。但是我不经大脑的意见，竟然非常受落，大家都喜欢听

当大学教师，教授"异文化交流论"[Cross Culture Communication]。

人生的 38 个启示 陈美龄自传

我说傻话。

一下子，我这个新形象大受欢迎。他们叫我"天然大姐"，我说什么他们都觉得好玩，主持人争着来逗我说傻话，所有节目都希望邀我参加。

另一方面，因为我直肠直肚，说话时没有遮掩，所以很多人都觉得我是他们的代言人，代表他们说出心里的话。

我对舆论也有兴趣，常常为弱者打气，鼓励年轻人和女性在社会上发展。有一群社会学者觉得我是一个可以同行的明星，对我的发言表示支持。

我开始写专栏、出书，每星期主持十多个电台和电视节目，非常抢手。他们笑我"穿很多种鞋子"，千变万化，绝无冷场。

我拥有多方面的身份，又是歌手，又是搞笑艺人，还是社会上的意见领袖，影响力与日俱增。有很多大企业找我作代言人，广告收入达到日本艺人的顶峰。

陈美龄在日本的第二个黄金时代开始了。

因为我帮公司赚到很多钱，所以工作以外的活动，没有再受到太大的管制。

我开始参加各方面的义务工作，其中一个我想做的项目，是保留中国口耳相传的童谣和摇篮曲。小时候妈妈为我们唱的摇篮曲，因为文化大革命造成的断层，在内地有很多亲戚已记不起，小朋友也未听过。如果这些文化就此失传，是非常可惜的事情。

我觉得我们这一代有责任保存民间流传的歌曲，而且我是歌手，更有理由去做这件事。我和金子力商量录下这些歌曲的可能性，但他表示：

"都是中文歌……在日本没有市场。"

我十分失望。他知道我怕脑海里的歌曲会消失，也感受到我的乡愁。

"让我想想。"

过了几天，他向我提议：

"如果我们做一个一百首世界童谣和摇篮曲的 CD 集，我相信能找到资助。"

我喜出望外，立刻开始收集资料。终于《世界童谣和摇篮曲全集》面世了。

我们对这项工作非常骄傲，因为其中有好几首中国的歌曲，若不及时录音保存的话，可能已经消失了。

　　金子力是一个现实主义者，而我是一个胡思乱想的做梦人。

　　我负责梦想，若不是太荒唐的话，他会去把梦想实现。

　　对于我们来说，没有梦想是太大的，没有梦想是达不到的。

　　两个人在一起，不怕风浪，不怕艰苦，任何挑战都是值得的。

　　未来是自己创造的，我们相信奇迹，只要肯努力，雨过一定会天晴，深夜之后一定会破晓。

　　一九八五年，因为我们这种毅力，我们改变了历史，打开了一道大门。

17

First singer
to return
to China

第一号　回国歌手

要明白大家对自己的期望，
要深知自己的责任。

———

不登长城，不是好女子。回国演出，难似登天。

人生的 38 个启示　陈美龄自传

一九八四年，我心中忘不了祖国的情况，希望可以作出一点贡献，带各种音乐回到内地，给内地的同胞欣赏。

但当时，大部分香港艺人在台湾也有活动，而台湾是一个十分大的市场。一旦回中国内地演唱，就不能够再在台湾演出了，这对艺人来说是一个非常大的损失。所以有很多香港歌手，都没有回中国内地表演的意愿。

但我觉得，就算要牺牲自己的利益，我也希望回去演唱。

我把这个愿望与金子力商量，他听了之后说：

"这个愿望很难实现。首先，没有外国歌手在新中国举行过演唱会。我们与中国方面又没有关系，要得到许可，相信非常困难。"

听了这番话，我的脑袋在转，心想，妈妈可能有朋友可以帮忙。

我跟妈妈商量后，妈妈说：

"我问问贵州的同乡。她在报馆做事，可能认识内地媒体的人呀！"

过了几个星期，妈妈跟我说：

"找到一位同乡可以帮忙。回国演唱，要有内地单位邀请的。"

我担心没有单位会邀请我，但非常幸运，为中国青少年服务的"宋庆龄基金会"决定邀请我回国做慈善音乐会，为他们筹款。

"太好了！太好了！"我喜出望外，但我在内地的知名度仍是未知数。

"先安排你上电视吧！"中央电视台的编导邀请我在"春节晚会"上演出，我选择了两首歌——《归来的燕子》和《原野牧歌》。

唱《原野牧歌》时，我穿上自己设计的民族服装，是一套颜色鲜艳的迷你裙，拿着扇子，一边唱一边跳舞。主持人问我："是什么舞呢？"我说："是蒙古的草原舞。"他很惊讶："谁教你的？"我毫不犹豫地说："没有人教我的呀！我自己想出来的呀！"他听了忍不住大笑，我也笑起来了。相信当晚在电视前也有很多观众一起笑起来，因为当我的演唱会门票开始预售时，三小时之内三场演唱会的五万四千张票就卖光了！

一九八五年春天，陈美龄的慈善演唱会在北京首都体育馆举行，但准备工作却难似登天。

"没有资助，做不到呀！"金子力很头痛，每日都在想办法。

当时和中方联络也不容易，大部分要写信，国际电话也打不通。好不容易找到赞助，又发觉场地完全没有设备，所有机器、乐器都要自己运去。

日本的 NHK 电视台决定为我拍一个时事特辑，还希望到贵州拍摄妈妈的故乡。当时贵州是外国人的禁区，要得到许可才行，绝非小事。结果贵州让我们回去拍摄，贵州电视台随队拍特辑，中国中央电视台要转播音乐会，陈美龄回中国演出之行受到多方面的注目。

"你是解放后回国歌手第一号，十分勇敢呀！"中国的媒体对我说。

一方面台湾地区的导演向我提出警告："若你真的要回国演唱，我以后就不能再找你拍戏了。唱片公司也会放弃你，你真的要想清楚呀！"

我的回国演唱会，原来也是一个政治问题。但我心意已定，梦想不能抛弃。

我的心愿时常都跑得比我快，我就是一直在后面追。这一次也是一样，但追着这个心愿的不单是我一个人，在东京、在香港、在北京、在贵州都有大批人和我一起奔跑。

我的小愿望，变成了跨国大工程。

演唱会的曲目要接受评估，但我的歌曲都是偏向正面的，所以没有大问题。我会带自己的乐队，但也希望和内地的音乐家合作，所以邀请了十多名弦乐团和一百名合唱团成员参加演出，还特别找了一班小朋友和我一起唱歌跳舞。演唱会开始前几个月，大家都在各自的国家练习。

一九八五年四月，在一个明媚的下午，我到达北京，小朋友们来欢迎我。车子经过天安门广场时，有一位爷爷带着孙子在放风筝。

"你看！是燕子的风筝呀！陈美龄燕子回来了！春天来了！太好了！"宋庆龄基金会的工作人员喜悦地说。

我举头望风筝，是一对燕子在青天白云下飞翔，很优美，很和平。

泪水涌出，心情激动，我感受到大家对我的期望，深知自己的责任重大。

我是燕子，跨山越海地回来了。

我希望用歌声把新风带到国内的歌坛。

做得到吗？

美美，你做得到吗？

我不断地问自己。

18

'The return of
the Swallow—
Chan Meiling Concert in Beijing'

归来的燕子·
陈美龄
北京音乐会

燕子虽小，
但可带来新风。

———

一生之中最感动的演唱会。

人生的 38 个启示 陈美龄自传

"首都体育馆的观众席和舞台离得很远，舞台一定要做得够大，才能有临场感。"几个月前，我的舞台监督视察场地后告诉我们。

但当我亲眼看到舞台时，不禁张大眼睛，"哇！"的叫了出来。

写有"归来的燕子陈美龄音乐会"的中央舞台非常巨大，连一百位合唱团、五十位小朋友、三十位音乐家一起站在台上也显得很渺小。

舞台前有一条长长的通道，一直延伸到场地的两边，长度至少有一百米，一边唱一边走的话，走一圈差不多能唱完一首歌。

我知道我要控制全场的话，必须全心全意去演唱，把歌声透入人心、打动心弦、唤醒灵魂。

音乐会开演时间到了，万事俱备，我穿上有点像太空人的歌衫，从舞台边缘望向观众席。全场坐满。穿中山装的男女带着家人，济济一堂，一边谈话，一边望着舞台。他们的期待令我心跳、脚颤、口干起来。

场内突然广播："请尊重表演同志，不要拍手、踏脚和丢弃果皮！"

我听到这广播，慌了，回头望着金子力。

他看到我的眼神，问我："发生了什么事？"

我说："他们说观众不能拍手！"

金子力不明白。"什么？"

我说："不能拍手！"

他也动摇了。

"可能他们不习惯音乐会的程序。你唱你的，不怕，用心唱就可以呀！"

我点头，但不能想象没有掌声的音乐会。

乐队开始演奏开场的音乐，从天而降的星星照亮全场。

第一首歌的前奏开始了！我吸一口大气，走进聚光灯之下。

观众们哄动起来，又惊又喜，倾身向前盯着我。我在舞台上一边跑，一边唱，又跳，又挥手。我一曲又一曲地唱，不到第三首歌，掌声来了，欢笑声也来了！

我很兴奋，和观众在同一个旋律和空间里享受音乐。

小朋友上台和我合唱《妈妈好》，我教观众一起唱歌、玩游戏，笑声回响，场面温馨。《原野牧歌》、《假如》和《爱的咒语》得到全场的热烈鼓掌，我和一百位合唱团员唱出《大海故乡》和《漓江曲》，场面壮大感人。

当我唱《归来的燕子》时，我说："请大家不要当我是一位国际歌星，我只是一个中国人，希望为大家唱歌。所以唱这首歌时，我不会用任何乐队的音乐，就作为一个中国人为你唱！"

独唱的歌声响透全场。

大家都哭了，歌中的乡愁打动了观众的心。我的泪水也停不下来，但依然坚持用最好的歌声把歌唱好。

太感动了！我的心充满了爱，通过我的歌声，飘到每一个人的心里。

那一刻我们不再是观众和歌手，而是久别重逢的家人。

一曲唱完，掌声如雷，观众大叫"安可"。

啊！没法形容当时的心情，那是一生难忘的片刻！

我好像受到祖国拥抱，真真正正地回家了。永远不会再寂寞、孤单或受人欺凌。因为我感受到祖国的温情。

泪洒舞台，打开中国的门。

人生的 38 个启示　陈美龄自传

小燕子真的回巢了！

演唱会完后，观众依依不舍。一起演出的小朋友拉着我的手，边哭边叫，"陈美龄阿姨不要走！"我也不禁流泪，大家一起哭了七、八分钟。国家领导人康克清、黄华、钱昌照都来看演唱会，纪念状上还有邓小平的签字。

这一场音乐会不断在电视上重播，当时的卡带也在市场上不停被翻版，在内地掀起了陈美龄热潮，被称为"回国歌手第一号"，获得很多人的赞赏。

很多年轻人都喜欢我的歌曲，领导人也觉得音乐不一定就是靡靡之音。

燕子虽小，但带来的新风却把紧闭的门打开了。

陈美龄的"归来的燕子"音乐会，在新中国的音乐界，创造了新历史。

慢慢，海外的歌手开始到中国演唱。

中国的音乐界，踏入新的境界。

Became ambassador
for UNICEF
to help children

为儿童、
当大使

不要"有名无实",
要做一个"讲得出做得到"的人。

——

为《二十四小时 TV》节目做主持人。

人生的 38 个启示　陈美龄自传

一九八五年，我被选中担任日本电视台夏天的大型电视节目《二十四小时TV》的主持人。那是一个筹款节目，每年都找当年最受欢迎的艺人当主持，因此被选中是一种荣誉，也是人气的证明。

当年有一则冲击全世界的新闻，就是埃塞俄比亚的旱灾和战争引致大饥荒，有数百万人徘徊在生死边缘。

《二十四小时TV》为救援难民，在埃塞俄比亚北部设了一个难民营，在节目中公开筹款。我看到新闻报道里的小朋友，幼小的身体衰弱到只有皮包骨，眼里充满了恐惧。我想拥抱他们、安慰他们。

"请让我去探访他们。"我对节目监制提出。

"不可能的！现在当地战争激烈，而且疾病蔓延。派您出去，生命没有保障。做不到。"他一口拒绝我，但我不放弃。

"您要我在电视上呼吁人捐款，但若我自己没有看到现状，怎会有说服力呢？我的生命，我自己负责任。求求您准许我去探访小朋友。"

经过再三要求，电视台决定派我去埃塞俄比亚，探访难民营和拍纪录片。

一九八五年六月，我出发到埃塞俄比亚，这也是我第一次探访非洲。

难民营在首都的北面，车子越向北移动，旱灾的情况也越来越严重。寸草不生，绿地变成沙漠，路上和两旁挤满寻找食物的人。因为他们衣不蔽体，能够看到究竟有多瘦。那已经不是皮包骨，而是瘦到皮和骨都分开了，松弛的皮肤垂在屁股下摇荡。瘦到像骷髅般的人不能走动，只能爬着、躺着；小孩子在大哭，老人在流泪，惨无人道。

突然，军队从山上跑下来，用枪指着我们："停车！停车！"

我们急忙把车停下，军队上车检查，尖叫："别动！别动！"

我们高举双手，不敢作任何行动。这时，车外的难民一起涌到车边，"请救救我的儿子！""请给我们一点吃的！"拍打着车窗向我们求救。

我拿了一点水，准备下车救人，但车上的士兵用枪指着我："停！坐下！"我呆了，不知如何反应。

检查完毕，士兵离开车厢，挥枪赶我们离去："GO,GO, GO!"

司机赶忙开车，我回头看车窗，只见玻璃外面沾满了难民手上的血水、脓水，不禁"哇！"的叫了一声，让当地的工作人员失笑。

"噢！相信你们已经忘记了，但在埃塞俄比亚，麻疯、痢疾、疟疾等都是致命的传染病。你要小心，希望能活着回国！"

电视台的人员再三向我强调："现在这里有很多传染病。千万不要拥抱或用手碰触小朋友，否则你也会被感染。"

数小时后，为了把货车上的小麦搬进货仓，我们下车了。

附近村落的小朋友见到我们，结群跑来，飞沙走石，还跟着一大群苍蝇。我们吓了一大跳，停下脚步，不知所措。小朋友看到我们犹豫的态度，也停下来了，不知道应否继续前行，不知道我们是敌是友。

那一刹那，我心里很难过，责怪自己："你在怕什么！快去欢迎小朋友啦！"

但一下子，小朋友就突然跑散了。他们一起爬在地上，把泥沙塞进口里！

原来有小麦从麻包的缝间掉下来了，小朋友看到，不管是泥沙也好、小麦也好，拾起了就往嘴里塞。小麦还带着壳子，可以想象得到他们是如何得饥饿。

当地人用皮鞭赶孩子，他们有些跑，有些哭了；跑了又回来，又受鞭打。

我高呼："不要打！不要打！"但在混乱中，我的声音根本没作用。

当我们终于把小麦搬运完后，大家回到车上，连大男人也哭了。

问题太大，而自己却太渺小。

伤心、无力，没有人说话。

我把眼泪抹干，请当地人教了我几句斯瓦希里语，然后配上童谣的调子，改编了一首非洲儿童能够明白的歌曲。

"Tururichi denanacho, denanacho, denanacho, tururichi denanacho, wadenia."

Tururichi 是"可爱的孩子"。

Denanacho 是"大家好吗?"。

Wadenia 是"朋友"。

我在心里反复练习。当我们到达《二十四小时 TV》的难民营时,刚好是午餐时间,有三千多名营养不足的小朋友在吃午饭。他们坐在地上喝稀粥,眼睫毛上停满了苍蝇,手脚上面也有伤口,情况非常恶劣。

我跑到他们的中间,想和他们交流,但又不会说他们的方言。随即,我想起我改编的小歌曲,就一边拍手一边唱起来。

一开始,小朋友瞪着眼睛望着我,不知道我在做什么。但慢慢地,他们笑起来了,一个个地站起来,大腿瘦得只有我三四根手指那么粗,他们摇着身体,突然一起跳起舞来!那是他们欢迎客人的舞,叫 Sukusuda,大胆一点的小朋友更拍着手,随着我唱歌!

哇!他们像忘掉了所有的痛楚,边唱边跳。我很感动,觉得很神奇!小朋友实在太可爱了!我不顾一切,

———

小朋友和我跳舞唱歌，我开心到简直要死掉了！

人生的 38 个启示　陈美龄自传

拥抱了他们，亲吻了他们，跟他们笑在一团。我心想："若我在这里跟他们一起死掉了，也是值得的！"

我心里的喜悦无法形容，好像得到了一个大的解脱。生与死的困扰离开我了，在我面前只有爱、只有生命、只有快乐。可能我无法拯救世界上全部的小朋友，但如果我能够安慰在我面前的小生命，我的人生就是值得的，应该可以说是有意义的。

从那次开始，我一有机会就到外国，探访需要帮助的小朋友，捐钱建学校、建医院、掘井等等。一九九八年，我收到联合国儿童基金会（UNICEF）的邀请："我们希望你为最弱小的儿童代言，希望你参与我们的活动。"

我听到这句话，非常感动。的确，世界上有太多小朋友的声音被忽略了。他们的存在也没有人关注。若我能利用自己的艺人身份和传播力，应该可以为小朋友尽一点力。

那一年，我被任命为联合国儿童基金会在日本的亲善大使，人生踏进了另外一个新时代，一个责任重大，而且非常复杂的新阶段。

我心中充满热情，期望自己的活动可以为儿童们带来一点希望。

我不要成为一个有名无实的大使，而要做一个"讲得出做得到"的大使。

只要有心，我相信一定会有好的进展，而这个想法到现在还是百分之一百没有改变。

中日婚姻

爱人不应受人种和国籍的限制，
爱，该能克服一切。

——

他是日本人，我是中国人，所以要结婚并不容易。

人生的 38 个启示 陈美龄自传

一九八五年春天，金子力突然告诉我，他要回到爸爸的公司继承家业，并坦然表示做完了《二十四小时TV》就会离职。

什么？那不就是说以后不能每天见到他了？

见不到他的每一天，我能生存吗？我会开心吗？

一千一万个疑问在我脑海里面转来转去。

我得到的答案就是：我不能没有他。

不是因为他是我工作的伙伴，而是因为我爱他、尊敬他、喜欢他，希望和他共度人生，希望和他建筑家庭。

没有了他，我会非常寂寞和空虚。

我希望他也是同样的感受。

有一天晚上，他喝醉了，深夜打电话给我。

"你的愿望就是我们的愿望，因为我们都爱你。"

我说："不要拿我来开玩笑！"

他没有回答。

等了数秒钟，他很清醒地说：

"不是开玩笑。我说的是真心话。我爱你。"

我的心亮了！好像是在做梦，希望时光能停下来。

因为我知道，我当时感觉到的幸福，是人生最高峰的幸福、最珍贵的幸福。

我小声说："我也爱你。"

我俩没有说其他话，只是一同享受那幸福感。

不知不觉，我拿着电话筒睡着了。

从那天开始，我们从工作伙伴变成情侣。每天都是甜美的，未来是光明的，人生是美满的。我的心中没有怀疑，知道他是我最佳的终身伴侣，全心全意地希望能够与他结合。

当他真的要离开岗位，去协助他爸爸的生意时，他说：

"虽然不在一起工作，但我们可以去吃饭、看电影啊！"

我认为他是在表示，希望和我继续来往。我深信我们将来一定会结婚的。

我的预感没有错，一九八五年秋天，我们决定结婚。

但因为他是日本人，我是中国人，要结婚并不容易。当年香港发生了反日运动，我知道我的家人朋友一定会反对，但想不到会反对得那么厉害。

当结婚的消息传到香港时，为了向家人解释，我回到香港。

记者要求跟我见面，招待会上的第一个问题是：

"你真的要和日本人结婚吗？"

我微笑点头。

第二个问题是同时从几个记者口中出来的。

"如果中日战争爆发，你站在哪一边？""你的儿子当日本兵吗？中国兵吗？"

我好像中了一枪，思想停滞，激痛至深。

我忘记了我是怎样回答的，但无论我说什么，同样的问题依然接踵而来。

泪水涌出来了，声音越说越小。

有一位记者朋友可怜我，为我打圆场。"好了好了。够了够了。"又把手帕给我抹眼泪，为我安定了场面。

当天晚上我睡不着。

在香港逗留期间，我去寻找有关中日战争的资料，但越理解就越痛苦。

两国之间有太多不忍卒睹的悲惨历史。日军在中国和香港做过的事，相信大部分日本人也没听过。

我不知道如何告诉金子力，也不知道他是否有勇气面对历史事实。

回到日本当晚，金子力来吃饭。

我忍不住向他解释中日战争时日本军在香港做的事。他默默地听，没有反应。我能想象他有多难受：又愤怒、又羞耻、又不愿相信。我一直在说，他一直在听。

饭菜吃完，茶也喝光了，我举头看看钟，发觉已是深夜。

他站起来，拿起袋子，"算了！我们不能在一起吧！"说完，打开大门走了。

一切发生得很快，我根本没有阻止他的机会。看着空了的椅子，我开始后悔和他谈及战争之事。但如果我们要成为夫妻，这始终是一个逃不了的难关。战争已经结束了那么多年，但还是继续给人带来苦楚。

我用拳头捶打心口，反复在说："I hate war! I hate war!"

早上五点，我家的门钟响了。

我打开门，金子力站在门口。他直望着我的眼睛说：

"我是日本人。这个事实，我改不了。可以吗？"

我哭了，投进他的怀抱。太感动了。

我说："我是中国人，可能会带给你很多麻烦。请多多指教。"

就是这样，我们决意一起面对共同的人生。当时我们充满希望、勇气和信心。我们相信，爱人是不应受人种和国籍的限制，人类是平等的。爱，该能克服一切。

一九八五年十二月二十五日，圣诞节。

金子力和陈美龄，正式成为夫妻。

建立家庭

—

**只要有正能量，
未来是无限的。**

———

两个人，共创未来。

我们的婚礼很特别。

妈妈坚持要让风水先生对一对八字，风水先生为我们择日的时候，发觉只有一天适合，而且竟然是十二月二十五日圣诞节。

"没有教堂会让你举行婚礼呀！"姐姐告诉我。

但风水先生说："不在那天行礼，以后就没有幸福日子。"

金子力和他的家人是日本人，根本不信风水，但为了婚礼能够圆满，我们决定接受所有要求。

我们首先在日本举行了仪式，再回到香港在教堂行礼，在大酒店请客后，又再回日本请第二次的婚宴。

港日媒体热心采访，日本还做了特别节目，本来是两个人的婚礼，变成了公众之间的大热新闻。但我们深深知道，为了两方的父母、亲友和朋友快乐，这个大婚礼是一定要做的。

幸而得到家人朋友的帮助，婚礼十分成功，得到广大的好评。

当我们终于出发去夏威夷度蜜月时，我累得要命，一下机就病倒了。

国际婚姻是比较复杂的，但我们相信只要我们幸福，早晚会得到大家的认同。

金子力在横滨建了我们的小天地，一间有小花园的屋子。为了将来有小孩子，屋子有三间睡房。一间是我们的睡房，一间是小孩子的房，一间是为双方父母来探我们时的客房。

我太喜欢那间小屋子了！

每一个角落都充满了我们的希望和爱。站在厨房，从窗口望出去，可以看到小花园。春天有小鸟来唱歌，夏天花园开满鲜花，秋天叶子转成金黄，冬天雪花飞舞……那是一个真真正正属于我们的家，太感恩、太快乐了。

新婚生活非常美满。

一九八六年春天，我怀孕了！

我又高兴又慌张，在我的身体里面有一个小生命！真的有一个金子力和我创造的小生命在成长！我的生命再不只是我一个人的生命，而是两个人、也可以说是三个人的生命！

我感觉到，我突然间明白了生命的秘密和爱的创造性。

当一个孕妇，原来是学习人生哲学的好机会。生死的秘密不再重要，最重要的是小生命能健康地诞生。只要小生命能生存，我的生命就没有白费。

原来人生就是这么简单，无须多想。还未当上母亲，肚子里的小生命已帮我明白了最基本的人生道理。

虽然怀了孕，但我依然继续工作。

结婚和怀孕，令我更加受到注目，人气更加高涨，工作非常繁忙。随着肚子越来越大，我发觉身体有一点承受不了。但当时我还是在娱乐公司工作，不能为自己的工作量作主。

我心里很矛盾，但为了保护肚子里面的小生命，我做了一个重大决定，就是我要独立！建立自己的公司，自己决定工作日程。

我和金子力商量，他也赞成。

我们向金子力的爸爸请求，让金子力回来当我们新公司的社长。

真的不明白为什么我们会那么大胆，完全没有想过会失败，好像只要两个人在一起，就一定会有更美好、更自由的未来。

我们一方面准备迎接小生命，一方面开设自己的公司，面对着很多问题，但我们的正能量好像是无限的。

我们谈工作的梦想，谈当父母的责任。

年轻的我们眼神是明朗的，心情是轻松的，精力是充沛的。

我们的人生马拉松，起跑了！

22

—

Arthur
is born

———

和平的诞生

—

生命的诞生是奇迹，
是每一个父母都能够感受到的奇迹。

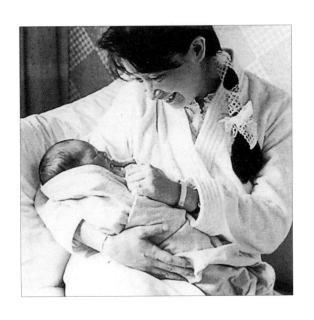

———

和平，多谢你选择我做你的妈妈。

　　　　　　　　　　　　　人生的 38 个启示　陈美龄自传

金子力把手放在我的肚子上面，一边画圈一边反复说："运气、智慧、爱。"这是他希望给即将诞生的小生命的几件礼物。我对他说："还有一个啊！就是健康！"从那天开始，睡觉之前，他就会向肚子里的小生命说多一句："运气、智慧、爱、健康。"有些时候他会向着肚子唱情歌。"这样孩子一出生，就会认得我的声音了！"准爸爸非常兴奋。

我们决定到加拿大，在我妈妈身边生小孩子。"有妈妈在身边比较放心。"

预产期是十一月十一日，我一直工作到十月中，然后独自飞往多伦多。

我和妈妈一起去看医生、买东西，准备婴儿的诞生。

一九八六年十一月一日半夜，阵痛开始来了。生过七个小孩子的妈妈十分镇定。"等多一下无问题的。"天一亮，我就和妈妈赶去医院。

那时，多伦多刚下了第一场雪，十分寒冷。我在颤抖，不知道是因为气温，还是因为紧张。

我求上天，希望能够顺利把小生命带到这个世界上。

因为我是第一胎，所以奋斗了十多个小时，还没有把婴儿生下来。

医生也着急了。

"婴儿的头太大，要做小手术！"

护士把我推进了手术室，一小时之后，婴儿诞生了。

当我听到婴儿的哭声，所有的痛楚都抛诸脑后，欢乐的泪水涌出来了。

医生把初生婴儿放在我的怀抱中。"是个男孩呀！恭喜您！"

我拥着他，觉得一切都是值得的，不需要任何其他东西了。

"多谢你选择我做你的妈妈，我太爱你了。"我哭着对他说。

这是生命的奇迹，是每一个父母都能够感受到的奇迹。

我知道我永远不会忘记这一刻。在人生的路途上，当我心灵受到挫折的时候，若我能记起这一刻的喜悦，

人生的 38 个启示　陈美龄自传

相信没有什么挫折可以难倒我。

我正正式式成为一位母亲了！

为了孩子我会坚强，为了孩子我会勇敢，为了孩子我会追求善美。

对的，为了孩子我会付出一切。

不，是会付出"多过"一切、我想像不到的一切。

金子力赶来加拿大，跑进病房，看到儿子，对我说："辛苦你了！多谢你呀！"他抱起儿子，护士离开房间把门关上。

房间里留下了我们三个人，三个永远分不开的"家人"。

我多谢上天，多谢丈夫，多谢儿子，多谢我的父母和金子力的父母，多谢人类，多谢地球，多谢宇宙……

我不知道我要怎样才可以报答这个恩惠。

窗外还在下雪，我们三个人在温暖的房间里面，享受着平静的时光。

我们为孩子取名"和平"，因为我俩最大的梦想就是世界和平，人类友好。

我们把他的名字用毛笔写下，贴在床头。

"和平，我就是你的爸爸呀！"

每逢金子力叫他，他就会转头望爸爸。爸爸一唱情歌，就算和平在哭，也一定会平静下来。

爸爸的声音，和平真的认得。

我们叫和平作"和平仔"。

妈妈特别喜欢BB，帮助我一起照顾和平。我们一天二十四小时都不会离开和平的身边，一起睡觉，一起醒来，整天抱着他也不会觉得疲倦。

但是，我这快乐妈妈的时光并不能维持，因为日本电视和电台的编导们每天都联络金子力，要求我快些复工。我勉强休息了两个多月，但已无法再延期了，唯有回日本重新开始。

23

Agnes

Controversy

美龄论争

**为了要去前人未到的地方，
唯有做开路先锋。**

——

参议院要求我在国会以工作母亲的身份发言。

人生的 38 个启示 陈美龄自传

新任妈妈复工的最大问题是：谁看孩子呢？和平是吃母乳的，而我却住在横滨，距离东京大约两小时的车程，不可能趁工作的空档回家喂奶啊！

"我可否带他一起去工作呢？"我问金子力。

"那你要问编导了。"

于是，我和编导通电话解释情况，他说："快点回来工作吧！不管你带谁来，孩子也好，小狗、小猫，甚至小兔子也可以！"

我很高兴，以为问题解决了。

我召集工作人员，对他们说：

"我们一向都以谦虚有礼为宗旨，现在有了BB，更加要小心，不要给人家添麻烦。不可以带BB到录影室，人多的地方不要去；保持BB开心，若哭的话，带他到外面走走。"

大家点头，和平张大眼睛大笑。

大家又一起点头，和平又大笑。大家被和平逗得开心不已。

"您放心吧！一定无问题的。"大家鼓励我这个没有经验的新妈妈。

但结果，这个行动不是"无问题"，而是大有问题！它引起了日本妇权运动历史上最大的论争之一，叫"Agnes Controversy"（雅丽丝论争，以下称美龄论争）。

事缘我第一次返回电视台录影的那一天，记者要求与我和孩子见面，录影完毕后我会见记者，给大家一个机会拍摄母子照片。

记者问我，既然有了小孩，有没有想过退休？

我答说："没有想过呀！在香港和中国内地，有很多妈妈都工作的。在中国还可以带小朋友一起上班呢！五百名以上员工的工厂，很多都有托儿所啊！"

当初，报道反应非常好。观众鼓励我的做法，有很多人赞赏我是一个好妈妈。

但我当时却不知道，原来那一番说话，会带来十分严重的后果。

第一、是我用了中国作为榜样。

第二、是我觉得有了小孩，女性也可以名正言顺地继续工作。

这两个想法，对日本保守的人来说，是非常具挑战性的。对他们来说，日本是先进国家，不需要以中国为榜样；而且女人的天职是相夫教子，并不是抛头露面，在男人的社会里工作。

他们认为，如果我的想法横行社会，会对日本的传统和秩序带来坏影响。

加上我是一个主张"面对历史"、"中日友好"，在日本非常受欢迎的华人，对极右主义者来说是一个大威胁。

论争是从几位右派文人和专栏作家对我的行动提出批评开始的。

"带孩子上班，会给人麻烦。"

"对孩子也不好。"

"结了婚，生了孩子，就应该守妇道。"

"又想生孩子，又想追求事业，太贪心了。"

一方面有妇权运动的学者提出："这不单是陈美龄的个人问题。其实是每一个父母都面对的问题。"

"美龄论争"成为了当年的流行语。

社会上的论争日益激烈化，有人赞同我，有人反对我。

当年日本出生率下降，为了抑止少子化，国会正打算通过男女平等的法律，希望有助妇女（包括产后妈妈）进入社会工作，认为妇女自由会对出生率有好的影响。

刚好我是一个兼职妈妈，参议院特别邀请我当参考人。

那天我在国会上提出，社会一定要多理解兼职妈妈的困难，要多支持追求事业的女性，更要在公众地方多接受小朋友的存在。

我的发言大受瞩目，变成更加热门的话题。右派的媒体开始个人攻击。

"歌又不是唱得好，日本话又说不准确。特别讨厌，不知道为什么会有人气。"

"区区一个歌星，竟然谈论社会问题，当自己是一个文化人，荒唐！"

"身为一个中国人，竟然来日本指导我们的社会？真够胆，可恶！"

"她是一个坏妈妈！"

这场论争长达两年多，"美龄论争"甚至得到一九八八年日本"新语流行语大赏"流行语部门的"大众赏"。

工作方面则没有太大的影响，因为有很多人支持我，而且我的收视率很高，电台电视不会那么容易地放弃我。但每天的攻击，不多不少，都对我的精神造成伤害。

有一天，我在浴室和和平一起洗澡时，忍不住哭了。

当晚，金子力对我说：

"你应相信日本大众的常识。如果你的行为是对的话，一定会得到支持。你应该以你的人生去证明，你现在做的事是对的。为了下一代的妇女，你要成为一个好榜样。"

我抱着和平，低头沉思。

"用我的人生去证明……"这是非常难做到的事。因为人生有很多事，根本不是我可以控制的，但我也知道金子力说的话有道理。

如果我这个兼职妈妈失败的话，对我的后辈来说，是一个大打击；如果我成功的话，却是一个大鼓励。

　　　　　　　人生的 38 个启示　陈美龄自传

为了下一代的妈妈能自由地追寻梦想，我只许成功，不许失败。

我在心里对和平说："孩子啊！你长大要做一个好人，为女性争一口气啊！"

和平已经熟睡，没有听到。

看看旁边的金子力，他也睡着了。

我要走的路，以前未有人走过。

和我一起走的伙伴，也不知道路在哪里。

唯一知道的是：此路非走不可。

我需要寻找方向，做开路先锋。

但我没有信心，也没有道具，在浓雾中踌躇，六神无主。

要做一个成功的兼职妈妈，我要怎么办呢？

Attend Stanford University
School of Education
PhD program

——————

攻读斯坦福
博士学位

—

**无论多渺茫，
也不要放弃千载难逢的机会。**

我的恩师 Myra Strober 引导我了解男女平等的课题。

人生的 38 个启示 陈美龄自传

"美龄论争"成为妇权运动的源动力。有舆论的支持，国家成功通过了《男女雇用机会均等法》；学者和政治家更指出，日本需要有产休法例，以保护妈妈的产后健康和复职机会。

我的论点得到认同，还开始改变社会，右派更加不满，对我的攻击日渐恶化，杂志以子虚乌有的谣言中伤我，希望打击我的形象。

当时我除了在电视台电台有十多个节目之外，还在大学讲书，也是一个热门的演说家，更为十多间企业当代言人，在社会有一定的影响力。我的存在，令反对我的人十分不舒服，成为他们的眼中钉。

"我们要赶绝这个中国女人！""她只是一个贪日本钱的中国人！"

听到这些说话，我很伤心。

我明明嫁了日本人，日本是我的第二故乡。

当时公司时常收到恐吓信，但金子力都不让我看。

有一天我回到公司，金子力不在。我拿起他桌面的信来看，其中一封写着："陈美龄，你别得意！月黑风高的晚上，小心你的孩子！"

我打了个寒颤，发觉论争已进入疯狂境地。我紧抱和平，怕有人会对他不利。

论争成为国际新闻，连美国的《时代杂志》也报道了。有一位斯坦福大学的教授看到报导后，通过共同的朋友联络我，希望与我见面。刚好有一间加州的大学邀请我去演讲，于是我们一家人赴美，演讲后顺道到斯坦福大学会见她。

她是一位十分有吸引力的女权经济学学者。她细心聆听我的话后，对我说："你应该来跟我进修男女学、经济学和教育学。这样你会明白为什么论争会发生，和如何改善妇女的情况，否则这个论争就会只停留在一个艺人受到攻击的程度。来斯坦福修读博士学位吧！对女人来说，有一个博士学位，特别有利的。"

听到她的提议，我有一点惊讶。

难道她不知道我已经是一个妈妈？而且在日本有千万份的工作等着我去处理，留学根本不是一个现实的选择。

教授把入学申请表交给我。

"考虑一下吧！你一定不会后悔的。但入学不容易啊，而且还有几天就截止了。加油！"

我拿着申请表，回到酒店和金子力商量。

"斯坦福大学！千载难逢的好机会啊！先试试可否考得上吧！"

申请入学除了要写论文外，还要在国际性的共同考试（GRE）中得到优秀成绩。而且截止日期迫在眉睫，共同考试虽然可以回日本后考，但论文却非要在一两天内写好寄出。我知道成功率很低，但本来就没有期望，考不进也没有损失，故决定试试看。

当天晚上，和平睡觉后，我用酒店的信纸，写我的小论文。内容提及美龄论争，表示希望研究女性的历史经济，及如何用教育推展平等和没有歧视的社会。那天晚上我精神十分集中，一气呵成，彻夜完稿。

我把申请表填好，连同手写的论文和申请费，寄去斯坦福大学教育学院博士课程新生入学部。

回到日本考了GRE，成绩不错，但仍然没有多大信心能入学。

一九八九年春天，我收到通知书，考上了斯坦福大学教育学院博士课程！

我喜出望外，觉得是找寻"美龄论争"真正意义的好机会。

但事情不是这么简单，因为同一时间，我发现自己又怀孕了！

一边上学，一边带一个孩子已是不容易，带两个孩子就更是难上加难，几乎是没有可能做得到的。我决定放弃留学，接受现实。

我打电话给教授："对不起，我还是不去了。"

她没有说话，过了几秒钟，她问我："你是否怀孕了？"

我吓了一跳，为什么她会知道？

她继续说："很多女士都是用这个借口放弃自己的梦想。你是否希望将来对你的孩子说，为了你，妈妈放弃了去读博士学位？"

我答："当然不想……"

教授鼓励我："不要怕，在美国有很多父母都是带着孩子求学的。放胆来吧！我们一定支持你！"

一九八九年九月底，我大着肚子，带着两岁多的和平仔，到斯坦福大学报到，成为教育学院博士课程的研究生。加州阳光普照，校园气氛开放，和平滚在草地上玩耍，跑来拥抱我说："这地方真好！我喜欢这里！"看到他的笑脸，我心里的怀疑消失了。

我对着蓝天许下了诺言：

"不胜不归！一定要拿到博士学位，不能辜负大家对我的期待！"

25

No complains and fear;
no win no rest

不怨不惧，
不胜不休

没有不可能的事，只是还没有想到；
已经有人做的事，应该能做得更好。
只要有心，一定有路。

带着一个孩子到斯坦福；在斯坦福生了一个孩子。升平，欢迎到世上。

人生的 38 个启示 陈美龄自传

斯坦福大学是一间促进意见交流、创造新知的顶尖学府。师生之间没有阶级之分，大家互相尊重，一起寻求新主意。大学并不把传统放在第一位，最重视的是如何创造未来，如何利用智慧把人类带到新天地。斯坦福精神是：没有不可能的事，只是还没有想得到；已经有人做的事，应该能做得更好。

这种想法真棒！

第一天上学，我大着肚子和新同学步向教育学院，我说："前后左右都可能是第二个乔布斯、第二个盖茨呀！"

同学拍拍我的肩膀说："No, no. 应该说，自己可能是第二个乔布斯呀。"

噢！是的！我也是斯坦福的成员了，要有远景、创意，和改善社会的斗志！

一九八九年十一月三日，在妈妈、金子力和和平的看护之下，第二个孩子在斯坦福大学医院诞生了。七磅九的男孩，取名为升平，寓意太阳升起的地方都充满和平。一家人围着小生命，很感动，又感恩。我跟和平说："一起把弟弟带好，好吗？"和平点头，拥抱我们。

金子力宣布："我在家是老二，升平由我来带吧！"

当晚，医院不容许我和升平一起睡。肚子里面的小生命在别的房间，家人又回家了，一个人在病房，我突然觉得很寂寞。

那种感觉很奇怪，好像我不能再独自生存，我需要去照顾孩子。我感到自己的生命很渺小，我要保护的小生命很伟大。

可能那个晚上，我真正成为了母亲。

十一月三日是星期五，我在星期天出院，在家里休息了一天，星期二回到大学上课。我一进课室，同学们就拥过来，兴奋地问："肚子没有了！生了吗？"我举起大拇指，"对呀！It's a boy！"

大家纷纷表示祝贺，这时教授刚好进来，"发生了什么事？"

大家指着我的肚子，教授给我一个大大的拥抱，恭喜了我。

我回到座位坐下，教授突然问："哪天出生的呢？"

我说："星期五。"

教授眉头一皱，"今天是星期二，为什么昨天没来上课？"

我很吃惊！我本以为我算是很快复课的妈妈。大家都不知道如何回应。

教授看到我们的表情，大笑起来，"开你玩笑啊！"

同学们也松一口气，大笑起来。

我心里暖暖的，很开心，感觉到大家的祝福。

我觉得自己没有选错大学，觉得自己很幸运，更觉得可能真的可以一边带孩子，一边完成学业。

斯坦福的博士课程程度很高，每天要阅读的参考书多不胜数。下课回家后要带孩子，等他们睡觉后才开始温习，经常通宵达旦，但我一点也不觉得累。

就如金子力所说，这是一个"千载难逢"的机会，可以吸收到的知识，我都想尽数吸收，就好像饥饿的企鹅，不顾一切的把书本塞到肚子里。

从其他人看来，我的学习方式是有一点疯狂。但对我来说，简直津津有味，是无上的享受。学习是喜悦，知识是营养。我每一天都忙到发昏，但每一天都非常充实和快乐。

金子力时常找时间到美国，带我们去玩耍，我则趁学期的空档回日本工作。孩子们天天长大，和平满口英文，升平胖胖白白的，非常可爱。斯坦福的校园是他们的游乐园，加州变成了他们童年的家乡。

一眨眼，两年半过去了。我的博士课程读完，博士论文的提案也通过了。"恭喜你，你是最快完成课程和提案的学生！你可以参加毕业典礼，然后慢慢回家写论文了。"教授告诉我。

斯坦福的毕业礼非常壮观，妈妈和弟弟也远道来参加。日本的媒体来做特辑，我的同学们才知道我是歌手，非常惊奇。

"当歌手，还来攻读博士课程，真棒！"孩子们听了人家对妈妈的赞赏，跳跃拍手。看到他们为我骄傲，我脸红了，不知所措。和平知道我害羞，拉着我的毕业袍，小声说："妈妈，I love you." 我的心甜蜜蜜的，两手抱起他们，亲吻他们的小脸，声泪俱下地告诉他们："I

在斯坦福学习，虽辛苦，却是无上的享受。

毕业典礼，受到亲人的祝贺。

人生的 38 个启示 陈美龄自传

love you too!"

我明白，能够顺利完成课程，不单单是我的努力，还是孩子们给我的鼓励、丈夫给我的支持，和斯坦福大学给我的机会。

抱着依依不舍的心情，我收拾行李，带着孩子们返回日本，重投工作、做研究和写毕业论文。我知道想拿到博士学位，最难的关头还未度过。

要一边工作，一边带孩子，又没有教授和同学的支持，我怕没有力量完成毕业论文。但我不能功亏一篑，否则在斯坦福的美丽回忆，会变成白费心机的笑话。

而且我有个梦想，希望可以向下一代的妈妈说："结了婚有了小孩子，也可以留学进修的呀！只要有心，一定有路。"

所以，虽然知道前路艰苦，但我已经有了心理准备：无论需要多少年，无论有多少挫折，我也必须把论文写好！

我对自己说："陈美龄，别害怕，你必定能成为斯坦福大学的教育博士。不怨不惧，不胜不休！"

妈妈博士

—

人，永远有成长的空间。

——

有志者，事竟成。我真的成为了斯坦福的博士。

人生的 38 个启示　陈美龄自传

一边工作一边写论文，真的不容易；加上身边还有两个小孩子，每天都好像在战场。我坚持早上起来为他们做早餐、做便当，送他们上学后才准备工作；工作回来做晚饭，一起吃饭后，和孩子们玩耍、帮他们看功课，再玩耍；待他们洗澡就寝之后，我才开始研究和写论文。

　　当时互联网还未发达，所有资料都要靠从书本里找，所以我回日本之前买了大量的书籍，也收集了其他人的研究。我论文的主题是比较从东京大学毕业十年后的男女的工作、收入及家庭状态。先要寄出八千多份问卷给毕业生，请求他们协助填写并寄给我。收到问卷后，要非常细心地把答案改变为数字，然后用电脑计算出统计学上的指数。

　　这个过程得到东大学生的协助，虽然辛苦，但总算圆满达成。我拿着结果，开始分析和写论文。每写好一稿，都要把它印成四份，寄给斯坦福四位大教授，请他们评估。论文长达四百多页，每一次都是大工程。我也忘记了寄了多少次，每一个教授的意见都不同，其中有一两位特别严格，写来写去也不能通过。

　　有一天晚上，升平拿着被子来到书房，不作一声地爬进了我的书桌底,用手抱着我的双脚,闭上眼睛睡着了。

我这个妈妈惭愧得不得了。原来小孩子睡着之后,也会想念妈妈。从那天起,我在书房里铺好床褥,每天晚上孩子们就在书房里跟我睡觉。

写来写去也不能通过,我又气馁又着急,花在论文上的时间越来越长。

金子力会半夜进来书房责骂我:"你要学位还是要命?"

我孤立无援,非常难过,只好咬着牙根,忍住眼泪,继续努力。我的目的已不是要得到博士学位,而是希望写好论文,在精神上得到解脱。

一九九三年秋天,我把四个大教授的意见和自己的见解终于写进了论文里。我有点筋疲力竭,但仍然充满希望地把它寄出。这一次,论文终于通过了!

一家人欣喜若狂。那天开始,我们回到睡房睡觉,那种解放的感觉一生难忘。

一九九四年初春,我正式成为斯坦福大学的教育博士。

我为自己骄傲，为丈夫、为孩子们骄傲。有志者事竟成，我们真的做到了，对自己的信心也增强了。

可能因为我是歌手，社会上有一部分人曾经是看不起我的。但得到博士学位后，我终于找到了自己的声音，在社会上的发言更有力量。

我慢慢成为女权问题、儿童问题和教育问题的意见领袖，从此更加专注于协助改善女性和儿童的社会地位。我的工作范围更加广泛，除了演唱之外，到各处演讲成为我工作的另一个支柱。

"美龄论争"给了我很多痛苦和困难，但也给了我留学斯坦福的机会。所以回想起来，论争是一件好事，因为它令日本社会了解到工作妈妈的情况，也改变了社会对工作妈妈的形象。而我在个人方面来说，也得益良多。

塞翁失马，焉知非福。

遇到困难的时候，不要惊慌，最辛苦的经验，可能会带来最有意义的结果。

博士课程教会了我一个道理，就是人永远有成长的空间，能否与新的自己见面，视乎你有没有勇气。

陈美龄变成了陈博士，这真的不可思议！

若十年前有人跟我说这番话，我一定会摇头失笑，但多谢上天的安排，世上多了一个妈妈博士。

自从我带孩子去留学后，在日本入读研究院的成年女性人数上升，很多大学的硕士课程，更欢迎妈妈学生回校进修。

能够为社会带来新风气，鼓励女性追求梦想，我的努力，总算无白费。

27

Bye Bye colony;
Hello 'One country two systems'

拜拜殖民地，
你好，
一国两制。

我们都是历史性瞬间的目击者。

在回归典礼上高歌《香港、香港》。

人生的 38 个启示 陈美龄自传

"爸爸，测试有结果了。"我跑去跟金子力说。

"什么？谁的考试呀？"

我说："是我的测试呀！"

"你考什么试？"

我笑得弯腰，把手上的验孕结果给他看，"不是考试，是有了第三个孩子了！"

他又惊又喜，"真的吗？哇！大件事了！"

过了七年，我第三次怀孕了。

我又惊又喜。

婴儿出生时，我将是四十二岁。因为是高龄生产，我有一点担心，但小哥哥们非常兴奋，期待着小生命的来临。

虽然工作繁忙，但我也尽量找机会休息，希望生一个健康的孩子。

当时是一九九六年，香港快将回归中国，正受到世界上的注目。正好妈妈回了香港居住，我也决定回港生孩子。

秋天，第三个儿子在香港诞生了！七磅五的男孩子，

协平出生在香港，是三粒星香港人。

人生的 38 个启示 陈美龄自传

我们取名为"协平"，希望三兄弟能齐心合力，争取和平。他在香港身份证上有三粒星，是地道的香港人。

我一如以往，带着刚出世的孩子工作，同时照顾家里的两个哥哥。我以为多了个孩子会吃不消，想不到比带两个孩子还容易，因为有两个哥哥帮手。

记得有一天，爸爸晚上有应酬，家中留下了我们母子四人。

我帮协平洗澡，从浴室出来时滑了一跤。我两手抱着协平，为了保护他，用手肘和膝盖着地。因为有一级楼梯，撞伤了小腿前方，流血了。协平在我怀中安然无恙，我却痛到站不起来。

我高叫小哥哥们，他们跑来一看，吓得脸也青了！

和平急忙把协平抱起，升平则陪我爬到床上。

他们跑来跑去，拿衣服给我穿，用毛巾帮我止血，又找冰给我敷撞瘀的地方。和平抱着协平说："不用怕，很快就会好的！"升平却说："很多血呀！"和平小声说："爸爸，快点回来吧……"我看到孩子们为我担心的表情，虽然痛得要命，却忍不住笑了。我叫他们过来，四个人拥在一起，我亲他们的小脸蛋，多谢他们照顾我和弟弟。

我为他们唱歌、讲故事，不知不觉，四个人都睡着了。

金子力回来，看到沾满血渍的毛巾和睡在一起的四个人，每一个人都在微笑。

协平带给我们很多欢乐，教会哥哥们责任感，令我们夫妇更觉年轻。

"要努力呀！协平二十岁时，我已六十三岁了！"金子力认真地说。

有哥哥们和爸爸的协助，协平是一个快乐 BB。

一九九七年七月一日，香港正式回归中国。我们一家人回港参加回归庆典，我被选中在典礼上演唱。歌曲是八十年代我在香港非常流行的代表作之一——《香港、香港》。

"香港我心中的故乡，这里让我生长，有我喜欢的亲友共阳光……"

当时，NHK 正在为我拍摄香港回归的特辑。回归当晚除了要拍自己的特辑之外，更在典礼上演唱，又要为

　　　　　　人生的 38 个启示　陈美龄自传

朝日电视主持两个小时的直播新闻节目，更要参加NHK直播新闻论坛。一人身兼四职，当天晚上的时间非常紧张。

我首先到典礼演唱，然后立即到维多利亚港为专辑拍摄烟花，再急急赶到铜锣湾的现场直播，最后到录影室参加直播的座谈会。

全部活动做完时，已是翌日早上七时多。那天早上下着大雨，我坐在送我回家的车里，听着雨声，不禁感动地流下泪来。我亲身感受到，我成为了历史性瞬间的目击者。

香港正式成为中国的特别行政区，实施前所未有的"一国两制"。相信在人类的历史上，这一天会流传万世。

我深信这是一个美好的开始，但我也有忧虑，怕有人会趁机破坏香港的未来。

在历史上，香港要担任一个怎样的角色呢？

世界上有很多国家，因为政治主义不同而对立、战争，香港的"一国两制"能成为一个和平共处的模范吗？

作为一个旅日香港人，我的责任又是什么呢？

出生在香港的协平，他的未来会是怎么样的呢？

香港能永远是寻梦乡吗?

在我脑海里,《香港、香港》的旋律不停回响,外面的雨越下越大。

我在车窗的水汽上写:

"拜拜殖民地!你好一国两制!"

The issue of
child prostitution and
child pornography

儿童被迫
卖淫和
儿童色情
内容问题

为了自己的欲望而摧残小朋友的人生，
那种人，不能原谅。

1998 年，被任命为联合国儿童基金会日本大使。

人生的 38 个启示　陈美龄自传

当上联合国儿童基金会的大使后才知道，原来我对世界上儿童的状况只是一知半解。我每天都在学习和研究儿童受苦的原因和解决方法，要关注大局，也不能忽略小节。我好像穿上了新的鞋子，走向一条新道路。而这条路带给我的感慨，千言万语也说不清。

　　我被任命的那一天晚上，被邀请到瑞典大使馆参加一个集会。去到会场，发觉那是有关"儿童卖淫和儿童色情内容"的问题，但我却对这问题毫无认识。会上特别请来一位从菲律宾来的少女，她是一位受害者，从小被迫卖淫。听到她的故事，我满腔热泪，情绪激动。会后，我拥抱了她、安慰了她。

　　儿童基金会的同事对我说："您要帮助社会了解这问题，争取设立法律，禁止大人向未成年者买淫，或买卖儿童色情内容。"

　　这就是我当大使的第一个任务。

　　要向社会解释，首先我需要了解这个问题。

　　一九九八年六月，我去泰国视察强迫少女卖淫的情况。

　　那时在泰国，有些家庭为了生活、还债或医病等原因，会把女儿（一部分男孩）卖掉。有些女孩被卖到卖淫组织，每天都要接很多客人。大部分女孩都染上性病，一部分更染上了艾滋病。

　　"病发之后，他们会把女孩抛弃在远山里。"当地的义工团体告诉我。

　　我难以置信，他们说："带您去看看。"

　　他们带我到偏僻的山区，探望联合国儿童基金会支持的义工团体。山中的收容所收留了百多名被抛弃在山中的女孩和男孩。其中有些女孩已怀了孕，十来岁就成了妈妈，她们和她们的孩子有些也患上了艾滋病。

　　这样的惨事，原来真的是事实！

　　我探访时，刚好儿童们在吃午餐。

　　他们侧着头看着我们，我向他们打招呼，指一下自己的肚子，做了一个很想吃东西的动作。他们笑了！我更夸张地扮想吃东西的样子，他们又笑了！

　　其中一位小朋友站起，叫我坐下，把自己的炒粉分了一半给我。我很感动，大大地拍手，孩子们也兴奋得不得了，跑过来包围着我，看我吃炒粉。

我们不知道哪一位孩子有艾滋病，所以本来是不应该同碟进餐的。但见到他们期待的眼神，我也管不了那么多了。

我问他们："怎么吃啊？"

他们说："加一点酱油和辣椒，特别好吃。"

我故意加了很多酱油、很多辣椒，孩子们惊叫："NO！"

我大口吃下去，高喊："很辣呀！"

孩子们笑到弯腰、滚地、拍桌！

有给我拿水的，有亲我面颊的，一下子大家变成好朋友，真是一个快乐的下午。

因为当年还未找到医治艾滋病的方法，义工团体告诉我，他们的寿命不会很长。

我和一名十七岁的女孩谈话，她的妈妈因为欠了债，在她十三岁时把她卖给了一个中间人，以为女儿会在城市里当女佣，谁知那个人是骗子，强迫女孩当妓女。

她说，“每天都是地狱……”

"每天都是地狱，有些时候要接十几个客人。后来终于有一位善心的客人，帮我逃走。"她告诉我。

她回到村后，发觉染上了艾滋病，村民把她赶走，她唯有在收容所生活。

我找不到安慰她的说话，只能拉着她的手，希望借此给她一点爱和关怀。

我把我戴着的耳环除下一只，放在她的掌中，对她说："你戴一只，我戴一只。我们不会忘记彼此。"她把耳环戴上，满面笑容。

红红的小脸，就像一个普通的十七岁女孩，但她受过的痛苦，却是我们不能够想象的。而且，身体中的病魔会扼杀她的生命。

为了自己的欲望而摧残小朋友的人生，那种人，不能原谅。

世界上，每年有一百万多的十八岁以下的孩子们被买卖。

回到日本后，我和其他反对儿童色情的倡导者推行立法，禁止买卖儿童娼妓和儿童色情照片等物品。

要保护儿童，是非常复杂和艰苦的事。

人生的 38 个启示　陈美龄自传

一九九九年，《儿童买春及儿童色情内容禁止法》立法了。

但法律并不完整，因为有关儿童色情内容的物品虽然不可制造、贩卖或派出，却没有禁止拥有或购买。供求是一体的，有人买的话，就一定会有人继续制造和贩卖，受害儿童也不会减少。

我们唯有继续活动，提倡修订。

我去过柬埔寨、菲律宾和摩尔多瓦等国家，探望受害儿童和视察当地色情活动的真相，回到日本发表言论，到各地演讲，呼吁大众了解实情，收集了一百五十万个签名。

但有人反对我们的意见，说禁止拥有儿童色情物品，会影响"言论自由"，和有扩大警察权力的危险。

我在网上受到人身攻击，而且越来越激烈。有人说我是虚伪的慈善家，挪用联合国儿童基金会的善款来兴建自己的屋子，但其实我的屋子在上任大使之前已经建好了；更有传言，说我是中国的间谍等等。

其他倡导者也深受其害，慢慢很多做义工的人士也放弃活动。但我没有放弃。因为我见过很多受害的儿童，和她们比较起来，我受到的打击实在微不足道。所以虽然心里难过，但我仍然坚持到底。

有志者事竟成，法律终于在二零一四年通过修改，二零一五年七月开始实施。我们非常高兴，觉得终于能为受害的小朋友作一点贡献。

当年九月，在我的 twitter 信箱里，来了一段恐吓的文字。

"若你不承认儿童色情内容，我就在九月二十六号到你家，用刀斩死你。劝你快些承认吧！"

我们十分担心，因为我家前面是托儿所，如果真的有人来袭击的话，可能会伤害到儿童。

商量之后决定报警，警察要求 twitter 公开发信人的身份。平时用户资料是绝对保密的，但因为这一篇恐吓写明了杀害对象、日期、地方和杀害方法，内容非常具体，事态严重，所以 twitter 决定和警方合作。

想不到，恐吓者原来是一名十五岁的少年！

我非常失望、心碎，哭了一整晚。这么年轻的人也喜欢看儿童色情内容，可想而知社会是多么的危险。我们要保护的儿童里面，原来也有加害者。我们的运动成功了吗？还是失败了呢？

警察告诉我，那个少年很后悔，希望我能原谅他。

我决定不追究，只要求他保证永远不看儿童色情内容。

但事情告一段落之后，心中的阴影还是无法消除。

当了联合国儿童基金会的大使之后，我发觉要保护儿童，原来是非常复杂和艰苦的事。首先要了解儿童的问题，再向社会解释情况，有时更要推行立法，保护儿童权利。

对一个专业歌手和三个儿子的妈妈来说，负担很重，而且很多时候自己也会受伤害。但为了保护儿童，多艰辛也是值得的。

我每年都会去探望世界各地最穷困的儿童，每一个国家的儿童问题都不一样，他们的故事，一辈子也说不完。然而他们的笑声、他们的哭声，却永远留在我心中。我觉得他们已占据了我的心，提醒我还有很多儿童的故事在等着我去发现呢！

29

The biggest victim
of war is
always children

战争的
最大牺牲者
永远是儿童

没有和平，
不能得到真真正正的快乐。

我希望世界上的受苦儿童能有机会生存、求学，得到快乐时光。

人生的 38 个启示　陈美龄自传

我曾经到过很多战时或战后的国家和地区探访儿童。例如埃塞俄比亚、柬埔寨、越南、伊拉克、南苏丹、东帝汶、达尔富尔、索马里、中非共和国、土耳其、约旦、黎巴嫩等等。

战争带给小朋友的苦楚是数不尽的。战争时，当然会有很多人死伤；但即使是战争结束后，大人的死亡率会降低，但小朋友的死亡率，却依然会停留在高水平。因为一个国家，要回复到有能力重新培养孩子，是需要时间的，所以战后儿童还会继续死亡。每次打仗，牺牲最大的，永远是最弱小的孩子们。

二零一七年，我为了探访叙利亚的难民，到过约旦、黎巴嫩和土耳其。六百万的难民，为了逃避战火，变得无家可归。

他们之间发生了很多问题，其中包括儿童劳动和儿童婚姻。

难民在其他国家工作是违法的，但不工作怎么生活呢？大人做黑工被拘捕，会被强制送回叙利亚。但十五岁以下的儿童，就算犯法也不会被拘捕或入狱，也不会被遣返。所以难民家庭的男孩，大部分都会为了家庭，放弃学业去做工。

我在土耳其与叙利亚边境的城市里，碰到了两个妈妈。她们是姐妹，从叙利亚的激战区逃难出来的。

"我的丈夫被拘捕，在狱中死掉了，我唯有跟着我妹妹的家庭生活。但有一天，当我们回家时，妹夫在屋子门前踩了地雷，被炸成两半，当场死亡。孩子们都看到了！我们简直是吓死了，所以才决定把全部财产交给蛇头，一家八口逃难到这里。"

她们跨越国境时，大姐在山上绊倒，双脚受了伤。到土耳其后，没办法谋生，唯有让十岁和七岁的男孩出去做工。为了支持家庭，他们每天在地毯厂，从七点到晚上八点不停工作。

"孩子们每天回来都问我，为什么把他们带到了土耳其？为什么这么辛苦？他们好委屈、好可怜……"一说起孩子，妈妈就哭成泪人。

当地的义工告诉我，至少有一半的男孩都要出去做工。

　　　　　　　　人生的 38 个启示　陈美龄自传

另一方面，女孩子则为了家，很早就要嫁人。

把女儿嫁出去，一方面可以少一个人吃饭，更可以拿到男家送来的礼金。在伊斯兰教社会里，一个男人可以娶四个妻子。年老的男士，也可以娶一个十多岁的女孩，有一些女孩的丈夫比自己的爸爸还要年长。嫁到男家，最年轻的妻子要包办所有家务，所以很多女孩，不但要和一个完全没有感情的人结婚，而且还会在男方家受到虐待。

"但她们不能离婚，因为离婚的时候要还礼金。"联合国儿童基金会的工作人员告诉我。

很多小朋友，因为要做工或结婚，没有机会继续读书。

没有教育就没有未来。所以我们最担心的，就是战争令到这一代的叙利亚儿童和年轻人，失去了接受教育的机会。

就算有朝一日，叙利亚得到和平，也没有年轻人去重建国家。

战争不但夺走了儿童的现在，更会间接摧毁儿童的未来。

不过，能够逃出战火的人已经是幸运的。

记得在一九九九年，我首次探访南苏丹，碰到一位十二岁的士兵。他六岁的时候，政府军在他面前杀死了他的父亲。为了生活，他八岁参加了反政府军，拿枪上战场，直至十一岁中枪，半身不遂。

十二岁的他还是一个小孩，但他的将来，已没有保障。

"他已算是幸运的，因为他还在自己的部族里。被别的部族捉到的儿童兵，会被迫走向地雷区，惨无人道。"

像他一样的儿童兵士，世界上大约有二十万人。

二零一五年，我再次到南苏丹，希望可以劝服反政府军，释放儿童兵士。

其中一个势力名为"眼镜蛇军"，军力有一万二千人，四分之一是十八岁以下的儿童兵。

联合国儿童基金会曾经成功劝服"眼镜蛇军"的首领，释放了六百多名儿童兵士。我们坐了一个多小时的直升机，然后两个小时的车，才到达基金会兴建的儿童院。

被释放的儿童兵，最年少的六岁，最年长的也只有十八岁。他们坐在大树下一起唱歌，一起学习。老师们

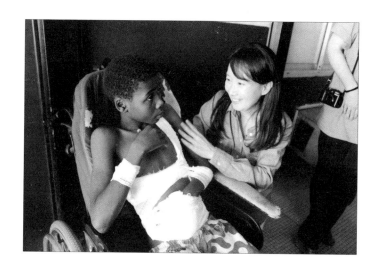

———

为了救援儿童，和平是不可缺的。

Darfur 的儿童士兵最年幼的只有六岁。

人生的 38 个启示　陈美龄自传

叫他们去玩耍，其中一位八岁的儿童说："真的可以去玩耍吗？太好了！太好了！"

我看到他们天真无邪的样子，很大感触。

我提出，要求会见"眼镜蛇军"的领袖，希望可以劝服他释放其余二千多名儿童兵。

领袖答应与我会面，我们坐了一小时的车程，到达他们的基地。他在一间黑暗的房间里等我们，很多持枪军人保护着他。他身高九英尺[1]，巨大的身体把唯一的窗口的光也遮着了，眼睛在黑漆中闪亮。房内充满警戒气氛。

我很紧张，但仍鼓起勇气对他说：

"你不应该用儿童兵。"

他说："对啊！儿童应该受家庭保护，在学校里读书。"

我再问他："那么为什么你还拥有二千多名儿童兵？"

他说："不是我招兵的！是因为他们没有了父母，所以我才保护他们。"

我对他说："你释放他们吧！我们会帮你照顾他们。"

1　编者注：1 英尺 =0.3048 米。

——

我渴望和平，痛恨战争。

兵士们开始不满意我说的话，国际儿童基金会的人跟我说："我们快走吧！气氛不好了！"

我无可奈何，只好离去。

走之前，我和领袖握手。我看着他，用眼神向他做无言的要求。我们互相对望，他先眨眼。

离开基地时，我感到失望，认为自己失败了。

但回到日本三个月之后，突然传来好消息，"眼镜蛇军"把所有的儿童兵士释放了！我们高兴地流下眼泪，默默祈祷，多谢上天。

但我们心里面知道，这次的成果只是冰山一角，还有无数的儿童正活在炮火之中，也有无数的儿童因为战争而饿死，或流落异乡，等着我们的救援。

当中，有讲不完的残忍故事、数不尽的人间惨剧。

记得在二零零二年，我到伊拉克探望战争中的儿童，有一天来到医院。受伤儿童被运来，但由于没有麻醉药，非要做手术不可的时候，大家唯有合力按着他们，让医生开刀。儿童的尖叫声和妈妈的哭声，我一辈子也难忘。

当晚回到旅馆，我打开窗，一边听着枪声，一边看着满天星斗，只感到心寒。天上的星星，就好像是千千万万离开了人间的小生命。为什么人类要互相残杀？为什么不能和平相处？脑袋里面的疑问令我失眠、令我迷惘。

我渴望和平。

因为没有和平，我们不能保护小生命。没有和平，我们不能得到真真正正的快乐。

世界和平是一个妄想吗？

我是一个理想主义者吗？

找不到答案的我，可以做什么呢？唯一可以做的，就是继续去救援儿童。

家
庭
传
统

—

**共度家庭传统，
共建美好回忆。**

——

和孩子们在一起的时间是我最幸福的时刻。

人生的 38 个启示　陈美龄自传

我们家里有一些"家庭传统"，是孩子们特别喜欢的。

首先，是我为孩子们做的"惊喜的小袋袋"。

因为我是联合国儿童基金会的大使，每年都会到世界各地探访儿童，每一次要离开家人十多天或两个星期，孩子们小的时候，我特别难过。

虽然金子力的妈妈会来帮我照顾他们，而我也会找保姆与朋友和他们玩，但为了让他们不觉得寂寞，每次出门之前，我都会为孩子们做"惊喜的小袋袋"。我会用一个小纸袋，写上他们的名字，然后在里面放一些吃的，例如小饼干等等；然后会放小礼物，有些时候放一本书，有些时候放一件小玩具。当他们未学懂文字之前，我会画画给他们；待他们能认文字之后，就改为写信。

这些小袋袋，每人每天都有一个，若我去两个星期，就会做四十二个。我会把这些小袋子交给照顾他们的人，每天早上藏在屋里某一个角落。孩子们起床后，就各自去寻找自己的小袋袋。

金子力的妈妈说："每天一起床就全屋去找。看到里面的食物和玩具，他们都很高兴。真是个好主意。"

孩子们告诉我，每一天都很兴奋，虽然妈妈不在有一点寂寞，但有了小袋袋，他们可以一起看书、玩游戏和吃东西，每一天都过得很快，一转眼妈妈又回来了！

我回来之后，他们会向我报告什么游戏好玩、什么书好看，我也会向他们解释我看到的世界和各地儿童的情况。

因为有这些小袋袋，他们并没有阻止我出远门探望小朋友，反而非常鼓励我。而且因为有机会解释义工的内容，他们自小就非常关心社会和世界，现在都各自积极参与义工活动。

另外一个"传统"是"饺子比赛大会"。我很喜欢做菜，其中一道拿手菜就是饺子，孩子们特别喜欢吃。每年我们都会选择一个日子，比赛谁能够吃得最多！

那天我们会一早起来，先做饺子皮，然后包饺子。因为要包很多，所以要用很多时间。我们一边谈笑，一边包饺子，面粉飞扬，不单满手粉白，连孩子们的脸也是粉白的，很趣怪！

晚上爸爸回来后，比赛就正式开始，每个碗会放五

孩子们的生日，是我们家的盛事。每年、每次都会亲自为他们做蛋糕。

只饺子。

孩子们小学的时候，大人先吃二十只让赛，但大多数都是爸爸拿冠军。但从中学开始，孩子们吃得越来越多，爸爸也赢不过。而我通常都是很快就吃不下，只好在旁边为他们打气，或在厨房里煮饺子。胜利者虽然没有什么特别奖励，但每年的比赛都是十分认真和激烈的。直到现在，孩子们都非常怀念这个比赛。希望孩子们结婚生子之后，我们能够再次举行"饺子比赛大会"，好让我和孙子一较高低！

另外一个孩子们非常喜欢的"传统"，就是他们的生日会。我们会邀请他们的同学到家里庆祝，每年我都有些特别的主意。

其中他们最喜欢的就是"谜语寻宝"。我会先请同学们分组，然后给他们第一个谜语。他们答对了，就可以拿到第一个指示，出发去第一个地方。总共有八个地方，每一个地方都会有一个谜语，答对了就可以得到去下一个地方的指示，店铺也会给他们小礼物，例如蛋糕店会给他们一件小蛋糕，玩具店会给他们一件小玩具，书店会给他们一本小册子等等。他们要把握时间，看哪一组最快回到家里。

孩子们在街上走来走去，猜谜语找下一个地方，非常好玩！

我要事先与邻居和附近的店铺商量好，得到他们的协助才可以玩这个游戏，准备工夫很长，孩子们特别感谢我为他们做这么多的工作。

现在他们告诉我，童年的生日会是最难忘的盛事！他们的同学们也这样说，还要求我做一个给大人的"谜语寻宝"游戏呢！

还有一个"传统"，是爸爸跟他们每年一次的"父子之旅"，妈妈是不能参加的。每年爸爸都会存起零钱，一半捐给国际儿童基金会，一半留下来和孩子们去旅行。

因为是零钱，所以资金比较少，他们住的地方是最便宜的民宿，吃的也是最便宜的饭。不够钱坐巴士的话，只好走路；不够钱吃饭时，就只好饿肚子。听起来好像很受苦，但是孩子们却特别喜欢每年的父子之旅，说是一场大冒险。通过共度艰辛的过程，更巩固了父子关系。

父子之情，在共处中成长。

人生的 38 个启示 陈美龄自传

回想起这些日子，心里面特别温馨。和孩子们度过的一分一秒，都是我的宝物。现在孩子长大了，不在身边。在我寂寞的时候，想起这些片刻，就发觉我是一个非常幸运的妈妈！

　　孩子们是我的无价宝。养育孩子，令我重新认识大自然的美、家庭的爱和生命的尊严，衷心感谢他们给我这么多美丽的回忆。

31

——

15 years old,
off to boarding school

——————

十
五
岁
的
留
学
生

——

要勇敢接受孩子不可能
永远在身边的事实。

———

送子留学，是一件非常心虚的事。

人生的 38 个启示　陈美龄自传

大儿子和平初中二年级的夏天，我们和他坐下来，讨论升学问题。因为他的学校只有初中，所以高中时一定要转校。

日本也有国际学校开设高中，例如美国学校和一些教会学校，我们决定先去看一看。我们参观了美国学校，他觉得不错，但离家太远；其他的教会学校，他则感到不适合自己。

过了两天，和平告诉我："妈妈，我想到美国去留学。"当时他只有十四岁。

"十五岁去留学，不是太早吗？"

他说："我在日本找不到喜欢的学校，希望可以到美国看一看。"

我有点困扰，但又觉得他说的也很有道理。

我和丈夫商量好，决定利用暑假去看看美国的高中。

但我对这方面全无认识，唯有问斯坦福大学我的恩师的意见。她寄来一份名单，上面有十间高中，"这些高中是最好的学校，你可以去看一看。"

于是，我们一家五口拿着那张名单，到美国参观学校。

首先要和校方约好，又要订酒店，还要租车、找路等等，对我来说，是非常复杂的旅程。

但这趟寻校之旅，令我们大开眼界。

很多寄宿高中都建立在比较偏僻的地方，有些在山里，有些在郊外，普遍校园广大，设施良好。

"好几位美国总统都是从我们学校毕业的。"

"这些出名的企业家也是我们的旧生。"

"每年我们都有很多学生进入超级大学。"

每一间高中都又有传统，又有实力，令我们眼花缭乱。

最后探访的是加州的一所小高中，全校学生只有两百多人，校舍不是很辉煌，看起来好像西部电影中的模样。

但当他们解释课程的时候，我发觉这学校是与众不同的。

每一位新生都会被派一匹马，要在一年之内学会骑马和养马。每天早上，学生先要打扫马房，洗干净马的身体，给马吃饱之后，才可以去洗澡、吃早饭、上课。

而且新生一到校园，放下行李后，首先就要去露营一星期。他们每天要爬山，在山中搭帐篷，没有厕所，也没有洗澡的地方。

"这是为了锻炼他们要有责任，和如何在自然界生存的教育。"

我回头看看和平，他听得着迷了，还问了很多问题。当时我已知道，他对这间学校特别有兴趣。

回到日本后，和平申请了八所高中。因为我们不知道收生条件，为了安全，决定多报几个。幸运的是，所有学校都收了他。

我们的难题是：去哪一个呢？上网查资料，发觉我们报的高中，都在美国十大高中之列，而且第一和第二名都收了和平。

我和丈夫商量后，决定由和平选择他喜欢去的高中。

他想了两个星期，最后告诉我们，他喜欢去加州的Thacher School，就是那一间露营和养马的高中。那学校是排名第七。

我心想，为什么不去第一名或第二名呢？

但我没有反对，因为我要尊重孩子的意见。

金子力则非常赞成，"选得好！那间学校会教你如

Thacher School 有点西部片的氛围。

人生的 38 个启示 陈美龄自传

何做一个坚强的人。"

就是这样，和平决定了他的高中。

十五岁的他，离乡背井到美国留学。

我告诫他有三件不可以做的事："No drugs! No booze! No babies!"即不可以滥用药品、不可以喝酒、不可以制造BB。和平听了之后笑起来，但他知道，这是非常重要的规矩。

我送和平去学校的时候，他是满面笑容、充满期待的。看到他和新朋友交流的情况，我也安心了。因为我相信他一定会在新环境找到新的自己，成为一个可以自立的年轻人。

我和他远望学校附近的山脉，加州的阳光非常温暖，宽阔的蓝天与和平的笑容非常合衬。

他说："妈妈不要担心，我会照顾自己。"

我突然记起，这句说话，我也曾对我妈妈说过。当我离开香港到日本发展的时候，我也是一个高中生，可能当时妈妈也是和我同样的心情吧！

我对和平说："今天是你的新开始！恭喜你！支持你！我爱你！"

年轻人追求新天地是理所当然的。我非常信任和平，但心里满是泪水。

我对老师们说："请多多照顾和平。"

他们和我握手，"绝对没有问题，请你放心！"

想不到送子留学是那么心虚的，又担心，又忧虑，心脏都变弱了。但为了孩子的成长，当妈妈的也要长大，要勇敢接受孩子不可能永远在身边的事实。

太阳下山，家长和孩子们道别，我带着又骄傲又寂寞的心情离开学校。

加州的山脉在夕阳中闪耀，是粉红色的、是紫色的、是金色的。车子每转一个弯，回头望，山的颜色都不一样。就好像孩子们的未来，是我们不能预想的，但从什么角度去看，都是光亮和美丽的。

—

歌手 ✕ 妈妈

—

选学校不应是基于名望，应找与自己配合的学府。

升平和他的爱马，还有一起唱歌的好友。

自当了妈妈之后，我对世界各地的童谣和摇篮曲特别感兴趣。前面也提过，我曾制作了一套CD，名为《世界童谣和摇篮曲全集》。在音乐会里，我除了唱自己的歌曲外，也会唱一些宣扬和平的歌曲和童谣。

二零零零年，唱片公司突然跟我说："我们希望听到你的声音唱出大人的情歌。"

我笑着说："我已经是几个孩子的妈妈了，唱什么也没有说服力吧！"

他们不同意，"一个歌手站在台上的时候，不应该想起家庭，应该忘记自己，投入曲中女主角的感情去演唱。歌手就如乐器，你的歌声非常适合唱情歌。"

我有点惭愧，因为我发觉自己忘记了歌手的精神。我接受了他们的建议，"好吧，我试试看。"

他们为我找来的歌曲叫做《我的身要粉碎了》，是一首非常浪漫的恋曲。初时我觉得歌曲的内容太过热情了，但唱起来又觉得的确是一首非常漂亮的好歌。

我很用心地去唱，忘记私事，投入歌中世界。结果，这首歌得到广大的欢迎，竟然卖了二十万张，成为社会上很大的话题。从此，我每年都录新歌，而且得到更多的粉丝。

陈美龄的唱歌生涯，找到了新的原动力。

我一方面忙事业，一方面带孩子。他们的成长，给我很大的满足感。

每一个孩子都有不同的性格和兴趣，老二升平特别喜爱音乐。他在初中的某一天，到我的房间说：

"妈妈你教我弹吉他吧！"

我很高兴，立刻教了他几个 chords。

他回到自己的房间，拿起我的旧吉他练习。

不久我听到他的歌声，原来他已经在作曲！

他的第一首作品叫做 Someday。在学校的表演会上，他演唱了这首歌曲，得到同学们热烈的喝彩，后来在毕业礼上，全班同学一起合唱他的作品。

升平长得特别帅，小学时已经有人找他去演舞台剧，曾经主演过一出大型舞台剧《银河铁路》。初中时他有很多粉丝，女孩子特别喜欢他，但他也有很多男孩子的朋友。

初中二年级时，升平表示他也希望到美国留学。为了公平，我们带他去看美国的高中，让他自己去选择。

当年，除了升平要考高中之外，和平也要考大学。我们计划在那个夏天，一家人再去美国，一起探访学校。

有几间高中即时面试了升平，好几位老师非常赏识他，还未报名已经表示希望他入学。升平就是这样一个非常吸引人的孩子。

结果升平报考了七所高中，很幸运地都被他考上了，而他毫无疑问地选择了骑马露营的 Thacher School。

升平说："这间学校可以教我在东京学不到的东西，我希望能够多了解大自然。"

说得好！我也同意！

和平也非常高兴，觉得弟弟选择跟着他的步伐。

一方面，和平也去看大学。他不喜欢哈佛，也不喜欢东部的大学，说它们"有点死板，而且冬天太冷"。他唯一喜欢的学校就是斯坦福，可能因为他小时候在斯坦福度过了差不多两年半的时光，所以特别有感情。

和平说："斯坦福是硅谷的发祥地。在这里我可以看到未来！"

说得好！妈妈同意！

美国的大学有一个制度叫"early application"，提早报名。秋天报名，年底发表，但只可以报名一间大学。和平毫不犹豫，决定报考斯坦福大学。高中的老师说："不要太乐观，因为根本没有多少学生能考得上斯坦福。"

但我鼓励他，因为我相信他能做得到。

和平的成绩是不错的，但最重要的是他的论文。美国的大学喜欢录取多样化的学生，并不是成绩好就一定能够入学。

他的小论文是写自己半个中国人和半个日本人的尴尬身份。他表示，什么国籍是不重要的，最重要的是如何为这个地球贡献，不可歧视他人，要尊重生命。

孩子第一次考大学，我们不知道会有什么结果。

和平告诉我，合格的学生会收到大信封，不合格的则收到小信封，这是他的前辈告诉他的。发表结果的那

　　　　　　　　人生的 38 个启示　陈美龄自传

一天，我等着他的电话。加州的早上是日本的深夜。

半夜，电话响了。

是和平打来的。我拿着电话，口干心跳，呼吸也停止了。

和平说："妈妈，我的信封是大的！"

我一听，简直开心到差不多要升天了！

"Yes! Yes! Yes! 我知道你一定能做得到！"

我大叫，全家人都被我吵醒了。

和平考上了斯坦福，不单只是我们高兴，他的学校也十分骄傲。

但他本人却说："不知道为什么会收我呢？其他同学没考到，很失望……"

他真善良，会为其他同学痛心。

他可能不知道，但我知道为什么斯坦福收了他。因为和平是一个好学生，也是一个好人。他会成为日本和中国的桥梁。他是斯坦福要寻找的学生。

选学校不应是基于名望，应是看看学校和自己是否配合。我觉得两个儿子，都找到了适合自己的学校。

二零零五年九月，和平成为斯坦福的大学生，升平则成为 Thacher 的高中生，家里只剩下协平，还是小学生。歌手妈妈的道路，还有很长。

　　　　　　　　　　　　　人生的 38 个启示　陈美龄自传

微
笑
的

意
义

—

**自己拥有的东西，不是理所当然的。
每一件自己可以做到的事，
都是一个恩赐。**

可以微笑，是一种恩赐。

人生的 38 个启示　陈美龄自传

二零零六年夏天，我发觉右耳后面好像肿了一点。

因为我平常很少看医生，不知道如何是好，就向三个儿子的儿科医生求诊。医生触诊后说："可能是淋巴腺肿起了，最近有没有发炎？"我说："没有啊！"

她说："应该过两天就会散，不要担心。"

过了两三天，因为还没有散，我再去找她。

她再摸一下说："相信一个星期后会散。"

医生说不用担心，所以我就忘记了这件事。

当年九月，我有机会回香港探妈妈，带了协平和我一起去。我的二姐是医生，当晚请我们吃饭。

上车后，我突然记起右耳后面的问题，于是问姐姐："我的右耳后面有一点肿，医生说是淋巴发了。但现在还没有好，你看一下？"

姐姐伸手摸了一下，面色突然变了，"把脸转过来！"

我于是照做，姐姐用两只手又摸了我左右两耳的后面，然后说："等一下。"

她打电话给我姐夫，他也是医生。两人讨论了一会之后，姐姐说："我们现在去检查一下好吗？"

我不明白，也不想去接受检查。我说："不要现在去呀！我们去吃饭吧！"

姐姐拿我没办法："那你明天一早去检查，然后到我医务所。"

第二天早上，我去照了超声波，然后拿着检查结果的照片，到姐姐的医务所。

姐姐看了照片之后对我说："你的耳朵后面有一个瘤，已经有高尔夫球一般大。"

我听了之后，望着姐姐，不知道如何反应。如果有瘤的话，可能是癌症吗？

姐姐说："要做手术。你早点回来香港，在香港做吧！"

我问她："是恶性吗？"

姐姐说："要拿细胞出来检查才能知道。但瘤已经这么大，一定要做手术的，所以不用检查了。你快点找时间回来做手术吧！"

我抱着非常沉重的心情回到日本。我的病名字叫做"唾液腺肿瘤"。我查了很多民间医学书，知道如果是恶性的话，我会失去半边脸。

秋天是非常忙碌的时期，又要演讲，又要演唱，又

　　　　人生的 38 个启示　陈美龄自传

要做电视节目，所以我要等到过了圣诞节，在二零零六年十二月二十六日，才一家五口一同回港。我当晚入院，翌日做手术。

三个半小时的手术之后，我在手术台上醒来。

护士和医生一起跟我说："是良性的！是良性的！恭喜你！恭喜你！"

我的瘤是良性的！真幸运！真感恩！

家人也很高兴，金子力带孩子回到酒店休息。

那天晚上，护士问我："你要不要吃止痛丸？麻醉药散了之后可能会痛。"我说："好啊！"

护士拿水给我，我拿着杯子喝水，水却流到我的睡袍上。护士吓了一跳，"请等一等，我去拿饮管。"

我啜着饮管，但完全没有力气把水吸上来！护士急急说："请等等，我去拿匙羹来。"

最后，护士用匙羹喂我吞了止痛药。她望着我的脸，差不多要哭了。

我不知道发生了什么事，但我没有勇气照镜子。

第二天早上，我刷牙的时候，又喝不到水。

我摸一摸自己的脸，发觉右半边麻痹了。手能感觉到脸，但脸不能感觉到手。

我张口结舌，从镜子里望着我的人不是我，而是一个脸孔变形、歪曲，很难看的陌生人。

我差点尖叫起来。怎么办？我的脸歪了！

孩子们见了我的脸会如何反应呢？会害怕吗？会讨厌我吗？

金子力能忍受我这张脸孔吗？

我还能够继续唱歌吗？上电视吗？演讲吗？

我无法自制，大声哭起来了。

刚好姐姐来到病房，跑进厕所问我："发生了什么事？发生了什么事？"

我低着头，不敢面对她，"我的脸歪了……"

姐姐催促我，"给我看看！"

我抬头望着她。

她说："动一动你的脸。"

我张口说话给她看。姐姐看着我的脸，呆了。

她拉我回到病房，让我坐下，然后对我说：

"每一个人的脸都是不平衡的。你的右边脸因为麻痹，所以歪了，但你的瘤是良性的。上天救了你一命，还不够吗？快些感谢天主！"

每逢有坏事发生时，家人都会叫我感谢天主。因为无论有多坏的事发生，比起其他人，我还是幸运的。

金子力和孩子们看到我的脸，不敢置评。但我知道，他们尽量避免望着我说话。我很伤心。

为我动手术的医生说："可能是神经被剪断了，也可能是神经被移动过之后，产生了麻痹。有时一个月之后会康复，有时一生也不会好。但多做一些脸部运动和按摩，会有帮助的。"

吃东西时，因为右边脸没有感觉，我会咬伤自己的口腔内侧。最初孩子们问："妈妈为什么你满口是血？"我才知道自己一边吃一边流血。

我改用左边咀嚼，但不知道为什么，不到五分钟一定会头痛，而且食物会从口里流出来，吃饭变成一个痛苦的过程。

我原本是最喜欢微笑的人，因为我觉得微笑可以带来欢乐。不单是看到的人，连自己也会快乐。

但当时我一笑，样子就会非常难看，那天开始，我不敢再微笑了。

因为麻痹，说话口齿不清，更会喷口水。

我失落、忧郁、找不到出路。

二零零七年是我在日本出道三十五周年。

当年日本正在讨论修改宪法，废除第九条的和平条文，惹来很多和平爱好者的反对。我也是一个和平爱好者，所以决定制作一张宣扬和平的唱片。

我找了很多知名人士为我写歌词，然后自己作曲，唱片面世后，在日本各地举行和平音乐会。

三月十七日是新歌发表的日子，但我的脸还没有康复。

那一天早上，我起床刷牙，心里在想："真对不起工作人员……"

大家努力为我做了很多准备，但我的脸歪了，根本不可能做宣传。如果一直不康复的话，更可能要考虑退出艺能界。

我看着镜子，一边刷牙，一边愁思，突然发觉牙膏没有再从口中流出来了！

我摸一摸自己的脸，虽然还是没有感觉，但张口说话却没有歪了！

我尝试笑一笑，也没有歪，是一个真真正正的美龄微笑！

哗！哗！哗！我再三观察，做出各种表情，真的都没有歪！

我简直开心到要发狂了，坐在洗手间的地上，哭成泪人。

在一首以和平为主题的新歌发表的那一天，我的脸康复了。

这包含了什么意思呢？

当时我确信，这是上天给我的启示：你要尽力推行和平活动！

尽力为和平演唱，用歌声传出真义。

人生的 38 个启示　陈美龄自传

所以我和公司商量后，把和平音乐会的次数增至一百七十场。

很多时，我们都觉得自己拥有的东西是理所当然的，但其实不是。

好像微笑，病魔可以轻易把它抢走。

所以我们要珍惜每一件自己可做到的事，正如英文说的"Count your blessings"，要数一数你拥有的恩赐。

现在我的微笑，是特别有意义的。因为我曾经失去过一次。

可以微笑的时候，应该多一点微笑。所以我每天都微笑。

我知道，可以微笑是非常幸福的。

34

—

Challenge breast cancer on
the stage of
the Great Hall of the People

————

在人民大会堂的舞台上向乳癌挑战

—

看病的人比生病的人更难受。

在人民大会堂开个人演唱会，唱出《原野牧歌》，是一生的荣耀。

人生的 38 个启示　陈美龄自传

脸部的麻痹尚未完全复原，局部仍然没有感觉，但外表上已看不出来了，所以我们非常努力地宣传以和平为主题的新歌。

第一首《幸福已经在身边》十分受欢迎，第二首《和平世界》也同样得到很多人的注目，和平演唱会场场满座，观众非常热情地拥护我。

我们觉得应该把和平演唱会带到中国。但因为我很久没有回国演唱，不知道会否成功。我们首先接触文化部，跟他们解释，希望做一场和平演唱会。

因为二零零七年是中日邦交正常化的三十五周年，中方表示欢迎。

我问："在哪里举行好呢？"

他们说："可以在人民大会堂举行。"

我和金子力互相对望，简直不敢相信，以为是听错了。

我问清楚："是那个召开人大会议的人民大会堂吗？"

他们见到我的表情，笑起来了，"是啊！可以坐一万人。"

人民大会堂的万人礼堂，平常是不容许办流行曲演唱会的，所以我再追问："我是唱流行曲的，没有问题吗？"

他们说："对的，但陈美龄的和平演唱会，我们很

满座的万人礼堂，观众的欢声鼓掌，太感动，太感谢了。

人生的 38 个启示 陈美龄自传

欢迎。"

我们喜出望外,又创出了一个新历史。和中方握手干杯,预祝合作成功。

回到日本,我还是有一点不敢相信,我真的会在人民大会堂做个人演唱会!我们开始积极准备,演唱会将会在九月三十日举行。

八月底,中方突然来了电话,"人民大会堂要做修缮,演唱会要延期。"

我慌张了,延期会带来很大的损失,因为我们已经买了机票、订了酒店、约好乐队,有很多粉丝和朋友也已经请了假期去捧场。

最后决定改为十月三十一日,我心想:"真是倒楣……"

但当时我不知道,这对我来说其实是一个幸运!

九月份,因为不需要练歌,我得到几天假期。

有一天,我坐在沙发上看电视,突然觉得右胸有一点痕痒。我摸了一下,发觉好像有一粒很小的硬物在里面。我一愕,再小心地摸了一下,这次却找不到。

我继续看电视，过了几分钟后，又觉得有点痕痒。我再摸一摸，真的好像有一粒小豆子在里面。

换着以前，我不会理会，但有上次手术的前车之鉴，所以我决定找医生诊治。

在日本，除了儿科医生之外，我想起还有一个熟悉的医生，就是妇科医生。我打电话跟她说："我有一件事想和你商量，今天可以吗？"

她说："你不是有第四个BB吧？"

我说："不是不是，是其他事。"

医生答应在下午见我，并用超声波为我检查。

"真的好像有一个小瘤，但在这里看不清楚。我写介绍信给你，去综合医院检查吧！"

过了几天，我拿着介绍信，到综合医院接受了乳房X光检查。主治医生看着结果对我说：

"在你右边胸部里面有一个小瘤。"

他抬头说："可能是乳癌。"

我眼前一黑，好像心口被人打了一拳。张着嘴，却说不出话来。

医生说："我会抽一些细胞出来检查一下，希望是良性。十日之后应该有结果，我会打电话给你，你不用打电话给我，请等我的联络。"

我很担心，但又怀有一丝希望，因为上次的瘤是良性的，可能这次也是吧。

过了十日，医生没有打电话给我们。

晚上十点多，金子力说："我打电话给他。"

我说："医生不会在的。算了吧！"

但金子力不听我说，打电话到医院，医生果然还没有回家。

我望着金子力讲电话，他的面色越来越苍白，声音越来越小。

他挂上电话后，我问他："结果怎样？"

他摇头说："你有乳癌。快些换衣服，医生在等我们。"

当时我脑海里只有两件事。

第一是协平。他只是小学生，不能没有了妈妈，我不可以把他留下就死掉。

第二是我的妈妈。我不可以比妈妈先走，让她伤心。

我呆立原地，心神慌乱。

金子力催促我说："快些去换衣服，医生在医院等我们啊！"

换了衣服上车，我感到很不甘心，哭了。

我对自己和家人的健康都十分注重，煮的菜都是基于食疗方式。而且我没有暴饮暴食，不烟不酒，家里也没有人有乳癌，为什么我会有呢？

我越想越气，眼泪停不下来。

金子力一边开车，一边对我说：

"有什么好哭呢？人的寿命是注定的。如果上天要收你回去，你就得回去。上天不要你死的话，你想死也死不了。"

这番话，听起来好像有一点冷漠，但我觉得他说得很对。

到医院后，医生正式宣布，我患了乳腺癌。"但你的瘤很小，可以说是第一期。我希望早点做手术，如果癌细胞扩散到淋巴的话，会很容易蔓延到全身。"

我唯一的空当，就是原定举行演唱会的九月三十日前后。医生建议十月一日做手术，我们也赞成。那时离做手术只有十天。

和平从美国回来，帮爸爸照顾协平。大家都非常担心，我也很紧张。

姐姐也从香港过来，看我做手术。她说我应该把胸部全部切除，医生却说因为是第一期，所以可以保存一部分。我决定，若是癌细胞没有到达淋巴的话，就希望把一部分胸部留下。所以进手术室之前，我不知道我的胸部会否被割除。

三个多小时的手术完成后，我在手术台上醒来。

护士告诉我："手术成功了！没有去到淋巴！"

姐姐也告诉我："你的胸部留下了！"

原本医生说我六号就可以出院，但因为手术后情况不大好，所以延期至九号。我们把六、七、八号的工作取消，但九号我就开始工作，翌日还开了演唱会。其实我的身体尚未完全复原，举手投足都有困难，但我没有告诉大家。因为没有想到会得大病，日期排得满满的，实在不能休息。

当时我的精神力量真是难以想象。

胸部当然会痛，手也提不高，晚上也睡不着。但我仍然回到工作岗位，面不改容地继续工作。

我不会向乳癌投降，看，我在伟大的舞台上高歌！

人生的 38 个启示 陈美龄自传

十月底，我们出发前往北京。

当天下着大雨，我们和当地与我一起演出的小朋友练歌，工作人员忙着准备场地。

十月三十一日，北京雨过天晴，蓝天白云，空气清新。

到达人民大会堂，进入万人礼堂时，我真的很感动。礼堂庄严辉煌，气派非凡。到处看都会感受到场地的重要性。

唱了三十多年歌，能够有机会在这个充满历史意义的场地演出，多年的努力终得奖励，我觉得非常荣幸。

日本有很多媒体都来采访，中国的报纸也有报道。当天晚上，满场观众为我鼓掌喝彩。他们不但记得我，还和我合唱我的歌曲，高叫我的名字。一曲又一曲的唱尽心里情怀，每一个音符都充满了生命的动力。真是感动、感激、感恩！

我相信，我的和平讯息传到了观众的心。

当天，我可以说是"拼着生命去演唱"，那场演唱会，是向自己证明我还活着的演唱会。就算我筋疲力尽，死在台上，也是值得的。

在北京人民大会堂台上演唱的我，是热爱生命的我，是充满着感恩之心的我。

唱完最后一首歌，台上台下都不停地为我鼓掌。我的心脏随着掌声鼓动。回到化妆室时，和平跑过来拥抱我，告诉我演唱会非常成功，然后眼红红地跟我说：

"妈妈，这一年真的很长！辛苦你了！"

自从金子力在车里叫我不要哭以来，我一直没有流泪，但听了孩子这句话，我的泪水忍不住涌出来了。

我告诉他："辛苦了你们才是！看病的人比生病的人更难受。多谢你们帮助妈妈！"

协平在旁边也哭了，三个人拥在一起，感谢宝贵的生命。

在北京人民大会堂万人礼堂举行"陈美龄和平演唱会"，是我对病魔的挑战。

乳癌，我是不会向你投降的！

你看！我还是很精神！

你看！我还是唱得很好！

你看！我还在这么伟大的舞台上歌舞！

我不怕你！

你千万不要回来！

35

—

Happy birthday
to me!

—

祝自己
生辰快乐

—

**每一天都是我的生日，
每一天都值得庆祝。**

手术是癌症治疗的开始，其他治疗的副作用，难以尽述。

人生的 38 个启示　陈美龄自传

二零零七年是升平考大学的年份。

当医生宣布我患了乳癌之后，我传了短讯给在美国的和平和升平，他们两个都说要回来看我做手术。和平是大学生，请假比较容易，所以我让他回来看我；但升平刚好要准备考中期试，那场考试的分数，是他考大学时的关键之一。所以我对他说："妈妈没事。你专心读书，快要考大学了。"

手术之后两个星期，升平的老师打电话给我："家里发生了什么事？升平情绪不稳定。他考试交了白卷！"

当时我才知道，升平听到妈妈患了癌症，受了很大的打击。加上我不准他回来看我，更令他的忧虑达到不能控制的程度。那么勤力的升平竟然会交白卷，严重性可想而知。

我赶快打电话给升平，向他道歉，保证妈妈没有事。然后再打电话给老师，说明升平失常的原因是我患了乳癌要动手术，求他给机会升平补考。当然，学校没有准许。

我感到很后悔，认真反省。

我做的决定是错的。我应该多关注孩子们的感情，而不是他们考试的成绩。我一心以为这样是对升平好，其实是令他受苦了，对学业也是一个反效果，有可能考不上斯坦福大学。

还未知道有乳癌之前，我们和升平探访过多间美国大学。升平决定先考斯坦福，考不上才考虑其他选择。为此，他需要在十一月一日提交入学申请表和论文，刚好就是我在北京人民大会堂举行音乐会的第二天。

十月三十日，我一方面紧张自己的音乐会；另一方面也关注升平的入学申请。我打电话问他论文寄出了没有，他说："还没有寄出，我在做最后修改。"

我问他："赶得及吗？快点做！快点寄出吧！"

他说："妈妈你不要这么紧张，现在是用电脑传的。我还有二十四小时啊！"

可是我心急得很，不禁再一次给升平压力，"一定要及时寄出，否则会后悔一辈子啊！"

那天晚上我睡不着，协平在我床边说："妈妈，明天是音乐会。快些睡觉吧！"

我做梦看到升平拿着申请表，找不到邮箱，我却帮不了他！挣扎了很久，醒来时浑身冷汗。

我深深感觉到，要远距离爱护孩子，真不容易。我很想拥抱升平，告诉他："你做得很好。不要怕，一定考得上的！"但我身在北京，无法如愿。

很托福，升平也成功考上了斯坦福大学，我松了一口气。

因为我不但没有帮到他，反而连累了他。但他有足够的实力，考上了第一志愿的大学，我觉得特别骄傲。

手术只是治疗癌症的开始。

在北京做完音乐会之后，我回到日本开始做电疗。做了两个多月，非常疲倦。

二零零八年元旦，我开始了为期五年的荷尔蒙治疗。对我来说，这个治疗比做手术和电疗更辛苦。停止荷尔蒙作用的药有很多副作用：头痛、关节痛、精神不安定、晚上睡不着，而且还会出疹子。

但最令我痛苦的，就是我的脸会肿得比平常大一倍。眼睛张不开，没有鼻子，就好像一个方形的大馒头。一肿起来，就会维持一整个星期，需要停止服药，才会慢慢恢复原本的脸形。医生也摇头，"在我的病人之中，没有肿成这个样子的。"

因为随时都会肿起来，工作的编排大受影响，脸肿的时候不可以上电视，也不可以拍照。但我依然继续演唱，

我得到日本唱片大赏的特别奖，其实是所有爱好和平的人的得奖。

因为我还有一百七十场和平唱会要举行；但就连声带也受到荷尔蒙治疗的影响，发声不能自如。

我痛苦不堪，精神大受打击。

协平看到我每天愁眉苦脸，竟找到一个方法来安慰我。

有一天晚上，他突然来到我的床边说："妈妈，说笑话给您听。今天的笑话。"

然后他就开始说："在桌上有一盘苹果和一盘曲奇饼。有一天妈妈要上街，她有很多小孩子，所以她写了一张卡留言，放在苹果旁边：'每人只可以拿一个。天主在看着啊！'她最小的孩子回来，看到妈妈的留言，也写了一张卡，放在曲奇饼旁边：'你们喜欢拿多少就拿多少，因为天主在看着苹果。'"

他绘声绘色的表现，惹得我笑出眼泪来。

一方面是因为他说得很好，另外一方面是因为我感受到他的爱。

他希望见到我的笑容，所以才想到这个绝招！

从那天开始，他每晚都来到我床边，给我说笑话。他的笑话是从网上找来的，有些时候并不好笑，但他一颗善良的心，令我只要见到他，我的心就好像开了花，每晚都能在欢笑中入睡。

二零零八年，传来一个好消息。

我从二零零七年开始做的和平演唱会和发行的新唱片，得到广大欢迎，在当年的"日本唱片大赏"中拿到了"特别赏"。那是高度的荣誉，大家都恭喜我，但我觉得不是我得奖，而是热爱和平的所有人得奖。

得了乳癌虽然痛苦，但我学会了珍惜每一分每一秒。

每天都是值得庆祝的，每一天都是新一天的诞生。

我起床的时候，会对自己说："Happy birthday to me! 陈美龄生日快乐！"对，每一天都是我的生日，每一天都是好日，并多谢上天给我多一天照顾孩子。

我开始把每一天当作生命最后的一天，以如果没有明天为前提，思考今天我要做什么。

这样的处世方法，其实是快乐的。因为每天都感恩，每天都充满活力，而且看到的事、碰到的人、吃到的东西都是恩赐。

虽然身体并不是最健康，但是我觉得自己开朗了，更加勇敢面对现实和理解世上的痛苦。

在荷尔蒙治疗的过程中，为了给自己一个目标，我戴了五条小手链，每过一年就脱掉一条。得到大家的支持，我圆满的完成了五年疗程。为了纪念这个日子，我们一家五口来到海边。

我把手链解下，丢到海里。

"拜拜乳癌！不要再回来了！"

我们欢呼拍手，庆幸大家还能在一起。

协平却说笑："妈妈您污染海洋啊！"我们笑得很高兴，互相拥抱。

我做手术之前，曾经向上天祈祷："我有一个小学五年级的儿子，我希望可以看到他中学毕业。可否给我五年生命？"

五年到了，我需要再次祈祷。

那我说什么好呢？

我想来想去，决定说："我希望可以看到孙子的脸。"

当晚我跪在地上祈祷。

我首先说："多谢您给我五年的生命……"我本想继续说下去的，但喉咙里面好像卡着一颗核桃，就是说不下去。感恩之思在我心里爆发，好像是瀑布，把我的自私念头都冲走了。

我没法说下去，跪在地上一直无声地流泪。

也不知道过了多久，最后我说："若我还是有用的话，请把我留在人世。否则，我愿听天由命。"

患上乳癌之后，我参加了很多抗癌运动，成为了"日本抗癌协会"的大使，在日本推广乳癌检查。我们说服了政府派发免费检查的优惠券，更筹款支持年轻医生到美国进修专业技能；也资助学者研究治疗癌症的方法和新药。

我现在有很多患癌症的朋友，大家互相支持、互相鼓励。

我感到生命是无尽的，一个跑手跑完他的本分后，就交棒给下一个跑手。生命是不会完的，就算"陈美龄"离开这个世界，只要我能交棒给下一个跑手，人类的生命是会继续的。

我应该做好自己的本分，有机会跑的时候，跑得长久一点，跑得有意义一点，减轻下一个跑手的负担。

在交棒之前，我究竟还可以跑多远呢？我不知道，也不需要知道。我只要每天早上起来跑好今天的路程，明天就让上天为我选择吧！

人生的 38 个启示　陈美龄自传

—

Happiest mom

on earth

———

最
快
乐
的
妈
妈

—

不可忽略孩子们的感受，
时光一过，无法补救。

重回日本武道馆举行音乐会，不死鸟陈美龄。

二零零九年，和平正式毕业于斯坦福大学。我们去参加他的毕业礼，看他戴上四方帽，感受到当父母的成果。

和平在学期间，已经为一间公司工作，毕业后立刻就职美国的一间投资公司，第一个任务就是派回日本分社。我非常高兴，因为可以每天见到和平。

我记得他刚进入斯坦福时，他曾经向我指出："妈妈，我在高中时，你没有来看我演戏或参加学校活动。现在升平是高中生，你要多去参加他的活动。"原来他一直很寂寞。一想到没有家人为他打气时他的失落，我非常难过，真心地向他道歉。

和平原谅了我，但我还是觉得对不起他。

我的确是比较忽略了两个哥哥，因为当他们留学时，家里还有弟弟，所以我很少去探望他们。现在我感到很后悔，但时光已过，无法补救，这是我人生中最大的遗憾之一。

升平在高中时，曾和同学一起在 YouTube 上发表音乐作品，得到很多粉丝，更曾有美国的唱片公司找他签约。但因为爸爸非常反对，所以拒绝了。

升平主演的歌剧，我们全球追着看。

他在斯坦福大学也有参加合唱团，更在二零一零年被选为音乐剧的主角，做全球巡回演出。

为了不放过这个好机会，我决定带着协平去做追星粉丝，到世界各地看他演戏。当然我们无法走遍全部的表演地方，但也去了不少：澳门、北京、韩国的大邱和最后的纽约。

二零一零年夏天，到达纽约时，我们非常盼望欣赏演出，因为那是世界巡回表演的最后一场。升平也说："最后一场，全力以赴！"

料不到天不助人，演出的那一天纽约刮大风了，剧院决定取消他们的演出。

一班年轻学生，颓丧失望。我看到他们失望的样子，提议请他们去游船河，庆祝全球演出成功，也可以说是安慰奖。

在纽约的哈德逊河上，我们坐游船、吃晚饭、跳舞和饱览两岸的夜景，同学们高兴得不得了。当晚有十几个大学生和我们一起。饭后乐队开始演奏，大家开始跳舞。

升平突然跑过来对我说："妈妈，一起跳舞吧！"

我说："不成，不成，我不会跳舞。"

他的同学们齐齐鼓励我："跳吧！跳吧！"

我斗不过他们，唯有站起身，和升平共跳慢舞。

和儿子跳舞是第一次，我又尴尬，又心甜。

纽约的夜景灿烂迷人，和同学们的笑容不相上下，好一个浪漫的晚上！

船泊岸后，年轻人们还依依不舍。

升平送我们上车时说：

"妈妈，我常常想找到反叛你的原因，但我真的是找不到。连我的朋友都成为了你的粉丝！妈妈你令我骄傲，我爱你！"不喜欢说话的升平的这番话，令我真的好像上了天堂。虽然在他高中时没有办法参加他的活动，但那次追星之旅，表明了我是多么爱他，而他也感受得到！

当晚我在车上，大唱音乐剧里面的歌曲。司机觉得很奇怪，但我没有理会，因为当晚我是世界上最快乐的妈妈。

在事业上，二零一零年也是值得纪念的一年，因为我在日本武道馆举行了一个大型演唱会。武道馆是日本歌手的圣地，每一个歌手都希望可以在那里开演唱会。

我第一次在武道馆开音乐会是在八十年代，二零一零年是我第二次。

那天晚上，和我同年代的粉丝都到场了，全场满座。我感触良多，那么多年后，我还可以在一万五千人的武道馆开音乐会，非常感恩。

十七岁到日本的少女，成为三个男孩的妈妈、癌症的生存者、教育博士，真的不可思议。但在舞台上，时光只会停留在最美丽的时刻，音乐是不会变老的。

我感受到音乐已渗透了我的身体，改变了我的DNA。音乐令我坚强，音乐是我的良药。歌唱时的我，好像无敌超人，不怕风，不怕雨，不怕生，不怕死。

人生的 38 个启示　陈美龄自传

The east Japan
great earthquake

—

东日本大地震

—

**谁也会有需要接受救援的一天，
人生是不能预料的。**

一下子，二万多人的生命，几十万人的财产都被海啸冲走了。

二零一一年三月十一日，东日本大地震发生了。下午两点，和平在东京的投资公司工作；爸爸去了斯坦福探望升平；协平在学校；我在家里，准备去当晚的演唱会场地。

东京虽不是震中，但也震动得很剧烈！震荡中，我不停祈祷，希望儿子们没事。震荡过去之后，经理人催促我快点去场地。我说："应该办不成吧！相信所有人都回家了。"

他说："电话不通，不知道有没有取消，要亲身去看看。"

我没办法，拿了行李，坐上车子。道路也在震荡，人多车多，好不混乱。我用手机看电视，见到东北地方的海啸吞没了村落和城市。海啸是如黑色水做的墙壁，一直往内陆推。在它途中的所有物体都被毁掉了。我在车里嚎哭，好像看到了人间地狱。

到了现场，演唱会果然取消了。

几经辛苦回到家里，发觉协平带了十几个同学来避难。我急忙跑进厨房煮饭，怕他们那天晚上回不了家。

灾难造成福岛三间核电厂的炉心熔毁，政府没有清楚解释辐射的影响，大家人心惶惶。

这场地震，一下子夺走了二万多人的生命。

当初，为怕阻碍现场收容遗体的作业，我们没法进入灾区。一个月后，我为了探望儿童，通过联合国儿童基金会的关系，终于前往当地，所看到的情景非笔墨所能形容。

受海啸摧残过的地方，所有的屋子都毁坏了。在山上有船，在海里有屋，触目所及，都是破碎了的房屋、车子，或几十万人的人生。

那种恐怖的景象，会令最坚强的人抖震、崩溃。目睹过灾区的人，很多都患上了忧郁症，我也痛苦得寝食难安，无法过正常生活。

自然界的威力，实在不是人类能对抗的。我觉得自己很无力、很渺小。

但为了救援灾区的儿童，我不停地探访灾区和筹款，把自己的工作也放下了。

失去了父母的儿童特别可怜。我在一所临时避难所里碰到了一对兄弟。十二岁的哥哥在看报纸的死亡栏，三岁多的小弟在他旁边玩耍。我问他："你在看什么？"他说："我在找同学的名字，看看他们还活着没有。"

我再问他："家人好吗？"

他眼一红，"不好……妈妈和妹妹都找不到，爸爸去找了。"

三岁的弟弟跑过来，"妈妈什么时候回来？我饿得很！"

大哥拉着小弟的手，没有说话，用手背擦眼泪。

这样的故事，每天都听到；可怜的小朋友，每天都碰到。

救援工作大约持续了有四年多，我们建造了十几间幼稚园和托儿所，也提供了很多医疗及教育服务。

想不到像日本这样一个先进社会，也有需要救援的一天，人生真的是不能预料。

联合国儿童基金会在外国的经验，在这次灾难中发挥了重要的角色，我自己也得到了很多宝贵的经验。到现在为止，我每年都有去探望灾民。

协平的马上雄姿，妈妈看起来很渺小。

人生的 38 个启示 陈美龄自传

在混乱之中，二零一一年秋天，协平跟随两位哥哥的步伐，就读 Thacher school。

他读的是四年课程，也就是说他比哥哥们还要早，初中十三岁就开始留学。

家里没有了孩子，我觉得有一点失落。不需要起床做便当或早餐，要洗的衣服也少了很多，也不会突然来好几位同学一起吃饭，我开始有了自由时间。

起初我觉得非常不习惯，但我知道这是空巢症候群，需要时间去理解和欣赏。

我可以利用多出来的时间重新寻找自己，或做一些以前孩子在身边的时候做不到的事，例如多些回港探妈妈，或到美国探孩子们；也可以找朋友出来喝茶，更可以增加做义工的时间。

相信人生应该还是多姿多彩的。

我第三个人生阶段开始了！

人生
新阶段

—

**人生是唱不完的爱歌、
未跑完的接力。**

纪念协平二十岁成年时拍的全家福！真感恩。

人生的 38 个启示 陈美龄自传

光阴似箭，二零一四年秋天，协平要考大学了。

我们带他参观完美国的大学后，他的选择也是斯坦福大学。

我很担心。十年前，和平投考斯坦福的时候，斯坦福的收生率是百分之十二；但是二零一四年，斯坦福的收生率是百分之五，难度高了一倍多。

就算协平和哥哥们一样优秀，合格的机会仍是少了一半。

但我尊重他的选择，决定让他报考斯坦福大学。

同年，我接受了香港浸会大学的邀请，成为了他们的特别教授。

我在日本的大学已经教了二十多年书，在香港却是第一次，非常兴奋。

我是传理系的教授，每年会讲三次，大约十堂课。

我教书的宗旨，是希望学生进入我的课室前，和走出我的课室后，脱胎换骨，成为两个不同的人。

我希望教他们对自己有信心、对未来更有希望。而且我希望能传授给他们在网上找不到的知识，引起他们的兴趣，非要来听我的课不可。所以每次我都会尽力而为。

浸会的学生非常可爱、踊跃，每一堂课都是一种享受。

有些时候课程是公开的，我有机会和其他学者、教授和关心学问的人接触，给我很多启发和鼓励。

二零一四年也是香港占中的一年，浸会大学也有一些课程取消了。一部分学生去了占中，另外一部分则去拍摄占中。

我对香港的政治和民生并不熟悉，但为了了解占中，我开始研究香港人的历史观念和生活情况。

我发觉香港的教育制度里面，没有全面教育下一代认识香港的历史、经济环境和一国两制的意义；更加没有教年轻人有关民主的知识。

甚至和大学老师谈起这个问题时，很多老师们都没有太多意见，对世界各地的民主发展并不熟悉。

若占中的主题是要争取真正的民主的话，教育者需要令学生掌握多方面的知识。

什么是民主呢？

世界各地的民主进程是如何呢？

民主是不是一人一票那么简单呢？

若不能理解这些观念，怎么可能进行有意义的政治活动呢？

我开始觉得这方面的教育有改善的空间。

记得有一晚，我在中环吃完饭，走过了占中的范围。当时占中已进入尾声，我看到年轻人的情况，觉得很心酸。

我希望他们知道自己的目标和在寻找的东西。我希望他们不是受人煽动，而是拥有作选择的足够知识。作为一个学者、一个教授，我觉得我们有一部分责任。

香港的未来，对亚洲和世界的未来有很大的影响。所以我希望有机会和年轻朋友们，用长时间讨论理想的香港未来。

二零一五年，协平考上了斯坦福大学，一家人欣喜若狂。

记得发表的那一天，我正在拍摄唱片封面，突然收到协平的短讯。

"妈妈，迟一下给您打电话，现在要去上体育课。"

我很紧张，因为我知道当天应该是发表的日子。

我很想知道结果，化妆也不能集中，脑袋里就是想着协平。

在那个时候，协平一位高中同学的爸爸给我发电邮，说"恭喜你！"

那一刻，我知道协平一定是被录取了。

果然，协平接着打电话给我，告诉我他考上了斯坦福大学！

我告诉全体工作人员这个好消息，他们和我一起跳高欢叫，还拍了纪念照庆祝。

那天，我成为了三个斯坦福学生的妈妈，我真的很安慰。

自从"美龄论争"以来，我一直很用心地带孩子，希望他们能够找到自己的道路，完成自己的理想。当然，进入优秀大学并不表示育儿成功，但也可以说是达到一个段落。

希望儿子们的努力能够鼓励年轻妈妈，让她们知道，一边工作，一边带孩子，也可以有好的结果。

那天，我好像放下了一个大包袱，感觉到肩膀和背上都轻了，笑容特别灿烂。

　　日本的朝日新闻出版社，邀请我写教子心得。经过多方面的考虑，我决定执笔，写下了我的第八十五本书：《50个教育法——我把三个儿子送入了斯坦福》。

　　二零一六年三月，这本书在日本发行了，反应很好，非常畅销，成为社会话题。

　　二零一六年七月，香港也发行了这本书，同样得到很大的共鸣，成为当年最畅销的书本。

　　教育界的相关人士也对我的教育方法注目。在分享会中，我听到了很多父母和老师们谈及，香港的教育制度给他们很大压力。我开始研究香港的教育制度，发觉有很多地方可以改善，于是在二零一七年，为香港提出了《40个教育提案——把快乐带回给香港学生》。

　　现在的我，可以说真真正正地踏上了人生的新阶段。

　　我需要寻找新的目标，要去面对新的自己。

　　我不知道我还可以为社会贡献些什么，但我愿意接受挑战。

因为上天对我很好，给我机会去唱歌、去帮助别人、去追求事业、去建立家庭；还给了我无条件支持我的亲人和朋友、粉丝和同事、义工的同伴和数不尽的相遇。

我不知道要如何报恩，才可以表达我的谢意，但每当我站于人生的转折点时，上天都会给我指示，相信这一次也不例外。

可能上天要我去做大事，也可能要我去做小事。

不论事大事小，我已准备好了！

可能我这六十多年只是前奏，真正的歌曲和高潮，还未开始？

人生是唱不完的爱歌、未跑完的接力。

最好的时光，等待着我们。

陈美龄，三、二、一、唱！

陈美龄，就位、准备、跑！

后　记

感谢您看了我的自传。

下一次见到您的时候，可能我会有点难为情。

因为您知道我太多秘密了，又分享了我不少个人隐私。

您进入了我的家、我的圈子，又用显微镜观察了我的心。

我的人生现在是一本公开的书，可能我再没有勇气面对读者了。

今次写自传，我的结论是：

我是一个很幸运的人。

在我的人生里，我遇到了很多贵人。我的人生并不是我的人生，而是和贵人共度光阴的总和。每一次的缘分，都为我的人生增添色彩，组成了我人生的彩虹。

彩虹是光，它照亮了我的每一天。

现在您也是我彩虹的一部分，您已进入了我的人生。

我会全心全意珍惜这些缘分，好好地报答您给我的关爱。

我太感恩了，实在受不起这么多恩赐。

所以不到我咽下最后一口气，我的报恩旅程是不会完的。

人们说在彩虹的那一边有无价宝，但我的无价宝，就是心中的彩虹。

多谢你的爱！多谢你的光芒！

I love you back!

Shine on me, shine on you!

简　历

1975 年	获东京国际音乐节银金丝雀奖
1976 年	暂别歌坛，入读加拿大多伦多大学，主修儿童心理学
1977 年	父亲逝世
1978 年	获多伦多大学荣誉学士
	复出日本和香港歌坛
	首次推出广东歌唱片《雨中康乃馨》，成为香港
	十大金曲之一
1979 年	获香港年度最佳歌曲奖
1980 年	在中国香港、日本和柬埔寨举行慈善音乐会
1981 年	为拍摄电影，初次访问中国桂林
1982 年	访问母亲的故乡中国贵州
	发行专辑《漓江曲》，曲目包括《香港、香港》
1983 年	与金子力邂逅
1984 年	获国际青年年（International Year of Youth ,IYY）
	世界和平论文特别奖
1985 年	在北京首都体育馆举行宋庆龄基金慈善音乐会
	主持日本《二十四小时 TV》筹款节目，探访埃塞俄
	比亚饥荒儿童
	获文化广播奖
	获香港十大杰出青年奖
	与金子力结婚
1986 年	获日本放送女性团体协会 S.J. 大奖

	日本记者协会特别奖
	日本电视界协会银河奖
	日本丽泽大学讲师
	日本国立信州大学讲师
	长子和平于加拿大出生
1987 年	因带子工作而引起"美龄论争"
	帮助《男女同酬学同机会法例》成立
1988 年	日本新语流行语奖大众奖
	访问柬埔寨
1989 年	攻读美国斯坦福大学教育博士学位
	二子升平于美国出生
1993 年	日本名古屋女子文化学院讲师
1994 年	获得美国斯坦福大学教育学博士学位
	日本明治大学助理教授
1996 年	三子协平于香港出生
1997 年	日本明治大学教授
	于香港回归中国官方典礼上演唱
1998 年	任联合国儿童基金会日本大使
	为联合国国际儿童基金会访问泰国，采访对儿童的
	商业性剥削
1999 年	美国麻省理工学院出版社出版 The Road Wind
	Uphill All the Way

	为联合国儿童基金会访问苏丹研究儿童兵的情况
2000 年	为联合国儿童基金会访问帝汶
	于日本武道馆举行音乐会
2001 年	被任命为日本香港亲善大使
	在北京举行的第一次儿童基金会音乐会任特别嘉宾
	为联合国儿童基金会访问菲律宾
	日本共荣大学教授
2003 年	为联合国儿童基金会访问伊拉克
2004 年	为联合国儿童基金会访问摩尔多瓦
2005 年	为联合国儿童基金会访问达尔富尔
	长子和平考进美国斯坦福大学
2006 年	在美国发行第一张专辑 CD《忘记自己》
	为联合国儿童基金会访问莱索托
	患上唾液腺肿疡，手术后康复
2007 年	庆祝陈美龄在日三十五周年
	"把和平之歌传到世界"巡回演唱会开始
	为联合国国际儿童基金会探访孟买
	获得"民音文化奖"
	患上乳癌，手术后康复
	在中国北京人民大会堂举行和平个人演唱会
	二子升平考进美国斯坦福大学
2008 年	在日本一百一十二个都市举行和平音乐会

人生的 38 个启示　陈美龄自传

任日本抗癌协会亲善大使

获日本唱片大奖特别奖

为联合国国际儿童基金会访问中国四川地震灾区

2009 年　　为联合国国际儿童基金会探访布基纳法索

2010 年　　为联合国儿童基金会探访索马里

2011 年　　为联合国儿童基金会访问日本东北地震灾区

2012 年　　为联合国儿童基金会访问不丹

2013 年　　为联合国儿童基金会访问尼日利亚

2014 年　　为联合国儿童基金会访问中非共和国

　　　　　　"Relay for Life" 英雄奖

2015 年　　为联合国儿童基金会访问南苏丹

　　　　　　获美国防癌协会英雄奖

　　　　　　三子协平考进斯坦福大学，至此三个儿子都成为
斯坦福学生

2016 年　　任联合国儿童基金会亚洲亲善大使

　　　　　　为联合国儿童基金会访问危地马拉和斐济

　　　　　　《50 个教育法：我把三个儿子送入了斯坦福》成为
当年香港最畅销书籍

　　　　　　同年，大陆版《50 个教育法》由上海三联书店出版，
得到内地家长的肯定和追捧

2017 年　　在香港出版《40 个教育提案：把快乐带回给香港学生》

图书在版编目（CIP）数据

人生的38个启示：陈美龄自传 / （英）陈美龄著. -- 上海：上海三联书店, 2018.1（2025.3重印）

ISBN 978 - 7 - 5426 - 6206 - 4

Ⅰ. ①人… Ⅱ. ①陈… Ⅲ. ①传记文学—英国—现代 Ⅳ. ①I561.55

中国版本图书馆CIP数据核字(2018)第015476号

人生的38个启示：陈美龄自传

著　　者 / ［英］陈美龄

责任编辑 / 职　烨
装帧设计 / 一本好书
监　　制 / 姚　军
责任校对 / 张大伟

出版发行 / 上海三联书店

　　　　　（200041）中国上海市静安区威海路755号30楼
邮　　箱 / sdxsanlian@sina.com
联系电话 / 编辑部：021-22895517
　　　　　发行部：021-22895559
印　　刷 / 上海盛通时代印刷有限公司

版　　次 / 2018 年 1 月第 1 版
印　　次 / 2025 年 3 月第 9 次印刷
开　　本 / 787mm X 1092mm　1/32
字　　数 / 67 千字
印　　张 / 11.25
书　　号 / ISBN 978 - 7 - 5426 - 6206 - 4 / I·1369
定　　价 / 42.00 元

敬启读者，如发现本书有印装质量问题，请与印刷厂联系021-37910000